本书获
2021年贵州省出版传媒事业发展专项资金资助
贵州出版集团有限公司出版专项资金资助

《中国少数民族文学纵览丛书》
编委会

白庚胜 叶 梅 主编

中国少数民族文学纵览丛书

ZHONGGUO SHAOSHU MINZU WENXUE ZONGLAN CONGSHU

仡佬族文学

孔海蓉 王 刚 赵 旭 编著

贵州出版集团
贵州民族出版社

图书在版编目（CIP）数据

仡佬族文学 / 孔海蓉，王刚，赵旭编著．— 贵阳：贵州民族出版社，2023.12

（中国少数民族文学纵览丛书 / 白庚胜，叶梅主编）

ISBN 978-7-5412-2798-1

Ⅰ．①仡… Ⅱ．①孔… ②王… ③赵… Ⅲ．①仡佬族—少数民族文学—文学研究—中国 Ⅳ．① I207.971

中国国家版本馆 CIP 数据核字 (2023) 第 126434 号

中国少数民族文学纵览丛书

仡佬族文学

GELAOZU WENXUE

孔海蓉　王刚　赵旭　编著

出版发行：贵州民族出版社

地　　址：贵州省贵阳市观山湖区会展东路贵州出版集团大楼

印　　刷：贵阳精彩数字印刷有限公司

版　　次：2023 年 12 月第 1 版

印　　次：2023 年 12 月第 1 次印刷

开　　本：787 mm × 1092 mm　1/16

印　　张：10

字　　数：130 千字

书　　号：ISBN 978-7-5412-2798-1

定　　价：88.00 元

流芳天雨

白庚胜

有人说，少数民族文学是中国文学汪洋大海的一域；有人说，中国语言艺术的百花园少不了少数民族文学的精彩纷呈。但是，如果没有航船的引渡，大海将永远只能是一片蓝色的模糊；假使不借助脚力去踏青，百花园注定永远只会是一方浪漫的朦胧。而这，对惯于仰观天文、俯察鸟兽虫迹以探究奥秘的人们来说，白帆、绿岛，微澜、巨浪，飞鸟、潜鱼又有何意义？对乐于赏心色香、悦目形姿、陶醉于自然美的人们而言，曲枝、虬蔓，金蕊、银瓣，蝶舞、蜂鸣又怎么能够让人心领神会？

多年来从事少数民族文学工作的经验告诉我们：在感动于少数民族文学的博大、浩瀚、辽远的同时，我们需要阅读的航标、审美的罗盘、创意的灯塔，告诉人们什么是源、什么是流，什么是宗、什么是派，什么是经典、什么是大家，而不是迷失于海屿般的芜杂、海风般的无定、海浪般的紊乱。我们必须去褒贬，有所坚持，有所引领，有所鉴赏，有所批评，不可任毒草恶花混迹于精神园地，导致国色天香得不到彰显。同时，我们也亟须回应处于知识爆炸、高速运转、快节奏工作生活背景下的一般爱好者渴望得到细读、静读、精读后依循少数民族文学“导游图”按图索骥的期待，使其华彩能有精彩的瞬间呈现，使它的传播、普及、共享更为简便、快捷。

怀着这样的初衷，我们于 2019 年开始创意组织编写一套《中国少数民族文学纵览丛书》，期待着轻松、精准把握少数民族文学之精彩成为可能。在得到贵州出版集团、贵州民族出版社的鼎力支持后，我们便致力于为此制订科学的方案，确定可行的路线图，组织强有力的工作班子及写作队伍，用较短的时间，便有了初步的收获，并渐入佳境，现已迈入鸣金收兵的阶段，即将了却一段我们的情缘。

这套丛书不单纯追求学术著作的严谨、沉稳，也不单纯追求文学赏析的自由、灵动，而是试图将二者结合起来，使轻松阅读与学术精深相融合，以优美的文笔诠释文学经纬。在这些文字之中，渗透着许多文学工作者的责任、使命、担当，更有许多专家学者的智慧与心血，以及各民族乃至整个中华文学的自觉、自信。这套丛书通过理性的遴选、精准的点评、清晰的梳理、明丽的表达，基本展示了我国少数民族文学的本真而不是虚像，深化了对各自所具有的社会历史作用、文学价值和意义的认识，对共同肩负的文化审美责任、义务、权利作再审视，所唤起的是为丰富世界文学画廊而努力的无限激情，为祖国、为人类进步事业而不断奋斗的强大力量。

如果说，所期许的确立作者以各民族权威专家为优先、文体以文化散文为要、文风以春秋笔法为范、内容以文学为主以相关历史文化为辅、对象以作家作品为核心兼顾口头文学、时间以现当代为重等目标在最终成果中得到体现，那么，我们所祈愿的寓知识性、可读性于一体的想法就如愿以偿。这足以令业内外、国内外读者一睹中国少数民族文学基本风貌、成就、方向为快，让他们在阅读中有本可依、有迹可循、有秘可探、有美可赏、有知可求、有真可鉴、有实可得。若果真如此，那么，我们将足以自慰，并对于启动这项旨在展示精彩、促进理解、扩大交流、实现共享、推动发展的工作感到无怨无悔。

需要衷心感谢的是，我们团队的精诚团结、无私奉献；所要期待的是，亲爱的读者们能一书在手即全局在胸。衷心祝愿中华民族大家庭繁荣昌盛、文学之树长青。

目　录

绪 言

仡佬族是我国古老的民族之一。2020 年第七次全国人口普查显示，仡佬族总人口为 67.7 万人。主要分布在贵州省北部的务川仡佬族苗族自治县、道真仡佬族苗族自治县、石阡县，其余散居于贵州省的播州、松桃、正安、凤冈、关岭、平坝、普定、西秀、清镇、黔西、大方、六枝，以及广西壮族自治区的隆林，云南省的广南、马关等县（市、区）。

仡佬族历史悠久，文化丰厚；仡佬族人民勤劳坚强，善良质朴；仡佬族文学多姿多彩，内容丰富。仡佬族文学的发生发展受到民族生存环境与生产方式的影响，在不同的历史时期呈现出不同的状态。

仡佬族没有本民族的文字，从远古至明清，仡佬族流传下来的主要是民间文学。仡佬族民间文学主要包括神话、古歌、傩戏文本、民间传说与民间故事、民间歌谣等。

神话有《洪水朝天》《制天制地》《伏羲兄妹制人烟》等洪水神话、创世神话、人类起源神话。古歌主要为祭祀所用的仪式歌，如《叙根由》《祭山歌》《泡筒歌》等。《叙根由》是规模最大、篇幅最长的仡佬族口传古歌，具有史诗的气质。

傩戏是傩祭仪式的组成部分，由于其古老的演出形式和多学科的研究价值，被称为“戏剧的活化石”。仡佬族傩戏主要集中在贵州省道真仡佬族苗族自治县、务川仡佬族苗族自治县与正安县，道真傩戏被列入国家级非物质文化遗产名录。傩戏剧本主要有《灵官镇台》《跑功曹》《骑龙下海》《收蚩尤》等。

仡佬族传说包括人物传说、地方风物传说等，记载了民族发展的历史，刻画为民族发展作出贡献的英雄人物，描写民族风俗习惯，是民间口头传承的民族史、风俗史。机智人物故事通过故事，讲述处理好人际关系、家庭关系的道理，反映社会现实和社会中的各类人等。动植物故事或以物喻人，讽喻人类的思想行为；或讲述某种动植物的来历、特征，有很强的针对性和现实意义。

仡佬族民间歌谣是仡佬族社会生活的艺术再现，表现出仡佬族的生命活力和民族精神，成为仡佬族社会生活的历史记录和生活写照。仡佬族民歌大致可以分为山歌、情歌、礼仪礼俗歌、儿歌等。其中，哭嫁歌、打闹歌、盘歌是最具特色的仡佬族民间歌谣，情歌在仡佬族民歌中艺术性最高。

仡佬族作家文学起步较晚，明代，仡佬族文人开始走上舞台，如申祐、宋昂、宋煜、胡允恭、费道用等。确定其族属为仡佬族，是因为他们出身于仡佬族村寨，其后裔已经明确为仡佬族。他们多为仡佬族的上层人物，受过良好的汉文化教育，或考取功名，或世袭土官，或任教职。如申祐曾任四川道监察御史，宋昂曾任袭贵州宣慰司同知，费道用曾任福建福清知县，胡允恭曾任大名府教授。

清代，仡佬族文学影响力逐渐增强，有成世瑄、费以矩、韩之显、冯辅元、费德慎、李文森、程文治、程文炳等文人，他们的文学创作成果虽然各有不同，但都达到了较高的水平，在仡佬族地区产生了较大影响。

近现代，仡佬族的代表作家有聂树楷、寿生等人。聂树楷著有《聱园诗剩》《聱园词剩》《聱园文剩》《聱园诗钟》等著作。寿生是仡佬族现代作家代表，将仡佬族作家创作提高到较高水平。另外，申绍伯与申伯符祖孙两代编纂的《南园纪事》，选载了 23 位仡佬族作者的 50 多篇作品，是第一部仡佬族作家文学作品集；梅应魁收集整理的《潏水园诗词》《潏水园对联集》，展示 19 世纪下半叶至民国初年道真仡佬族文人创作的情况；熊先煜的著作有《佟麟阁将军》《卢沟桥抗战诗词选》《冯玉祥的故事》，发表关于抗日战争、解放战争的文史资料百余万字。

党的十一届三中全会以来，仡佬族文学创作蓬勃发展，呈现出一派欣欣向荣的景象。

戴绍康、骆长木、赵剑平在20世纪80年代登上文坛，王华、肖勤于21世纪初崭露头角，他们是仡佬族小说创作的代表作家。仡佬族作家还有安洨华、陈义忠、刘世杰、罗遵义、冯其沛、韩敬忠、王少龙、骆礼俊、吴明泉、游筑京、薛维等人，他们的作品从不同侧面反映民族生活，表现出不同的仡佬族文学创作风格。覃信刚、何毓敏、夏世信是仡佬族散文与报告文学的代表作家。申元初、史崇高、申爱初、骆德平、吴明泉、申国华、严新等人的散文着重写乡土，写仡佬风情，表现出对仡佬族文化传统的重视。司马玉琴与伍小华是仡佬族的代表诗人。此外，陈智武、姜代银、赵伯鸿、王富举、冯道琼、廖江泉、刘明礼等人的诗歌，展示出仡佬族诗歌的创作阵营。仡佬族的影视文学创作最早的是时任贵州省公安厅民警傅尧智参与编剧的七集电视连续剧《黑风蛇影》，该电视剧于1985年在全国60多个城市电视台播出，影响较大。故事片《碧血丹砂》是第一部以仡佬族历史传说为题材拍摄的电影。另外，多部由仡佬族作家创作或制作的影视文学作品获得省级以上大奖。

在社会主义文化大发展大繁荣的背景下，编写《中国少数民族文学纵览丛书·仡佬族文学》，对于挖掘民族文化资源，推动仡佬族文学创作的发展繁荣，丰富中国文学宝库，具有重要的现实意义。

神　话

创世神话

仡佬族神话对天地日月的产生有多种说法。一是流传于遵义市播州区平正仡佬族乡一带的《制天制地》：

天，是布什格制的。布什格制的天，样样都有：有月亮，有太阳，有星星，也有雨、云、雷电、风暴……

地，是布比密造的。布比密造的地，样样都有：肉也有，就是那些满坡遍地的泥巴；脑袋也有，就是那些高高低低的坡头；头发汗毛也有，就是那些漫山遍野的树木和茅草；眼睛也有，就是那些大大小小的水坑……①

布什格、布比密是仡佬族神话中的创世神祇。布什格创造出天空日月、风云雷电；而布比密制造出来的山坡岩洞、江河池塘、岩石树木，却是模仿人的器官形状而创造的，显示出仡佬族先民关于世界起源的原始认知。

① 田金海、潘定智、罗懿群等:《中华民族故事大系·仡佬族 锡伯族 阿昌族》，上海文艺出版社，1995 年，第 5 页。

与《制天制地》的创世相似，流传于黔西市一带的《巨人由禄》[1]描述了由禄身体演变为大地的情形：由禄死后，脑壳变成山坡，头发变成茅草，耳朵变成树木，肋骨变成岩石，眼睛变成海子，肠子变成江河……仡佬族先民有着自然崇拜的心理。他们不能解释自然现象的发生，又要努力表达对生存环境形成过程的认识，于是，“他们一方面对自然力顶礼膜拜，另一方面又将自然物人格化，以为天地万物都是神按照人的样子来创造的”[2]。

同样流传于平正仡佬族乡一带的《天与地》[3]，对创世却是另外一种认识：“张龙王制天，李龙王制地。李龙王很勤快，地制宽了，所以天盖不完地。”于是，张龙王去把天扯宽，哪知把天扯破了，女娲才去炼石补天。天还是盖不住地，二位龙王抱住地把地箍小：“现在的高山、河谷就是这样形成的。”同样在平正仡佬族乡的地域，却有布什格、布比密与张龙王、李龙王两批创世神祇，可见仡佬族民族神话的丰富。流传于平坝一带的《开天辟地》《天地、日月和气候》[4]渗入了汉文化的元素，认为天地、日月和气候是由祝融或盘古创造的，神话中也有炼石补天的情节。

仡佬族神话中还有“气体创世说”。如《无限制地》：

> 无限以浑浊之气为食……浑浊之气被他吃完了，出现了不知有多远，不知有多高，空空荡荡、清清爽爽的一大空间。[5]

然后，无限的躯体变成了大地，骨头变成石头，肚子变成平原，

---

① 中国民间文艺研究会贵州分会、贵州民族学院：《民间文学资料》第 49 集，内部刊印，1982 年，第 4 页。

② 王鸿儒：《夜郎文化史》，贵州人民出版社，2010 年，第 91 页。

③ 中国民间文艺研究会贵州分会、贵州民族学院：《民间文学资料》第 49 集，内部刊印，1982 年，第 2 页。

④ 中国民间文艺研究会贵州分会、贵州民族学院：《民间文学资料》第 49 集，内部刊印，1982 年，第 3~5 页。

⑤ 田金海：《仡佬风物轶事》，中国文史出版社，2015 年，第 2~5 页。

肠子变成江河，血液变成小溪……程憬先生将这种现象概括为“巨灵躯化”[①]式的创世神话。虽然加入了气体变化成人、无限吞吃浊气等因素，但《无限制地》与《制天制地》《巨人由禄》等神话相似，认为天地万物是由人体变成的，这是仡佬族先民对世界形成的一种认识。巨人的身躯演变成养育人类的大地万物，这是仡佬族先民对大地母亲的认同、亲近和诠释。“气体创世说”在贵州少数民族创世神话中较为常见，如苗族的《苗族古歌·开天辟地》、布依族的《赛胡细妹造人烟》、彝族的《彝族古歌·天生地产》等。[②]

仡佬族创世神话是盘古神话的口语化阐释和衍化。钟敬文先生认为：“盘古神话，本来是南方民族的开辟传说，后来才传入汉族，并被吸入上古史里的。”[③]中华民族本是一个大家庭，神话传说也是你中有我，我中有你，互相影响，互相借鉴，应当是常理。

仡佬族神话《喊太阳》与汉族神话《后羿射日》也有类似之处：

古时候，白天有七个太阳，夜晚有七个月亮。太阳把地上的东西都晒死了，只剩下一棵大马桑树。人也无法活下去了。有两个老公公，为了帮助大家消灾免难，让地上万物得到生长，他们用了七天七夜的时间，制成了一张神弓、十二支神箭。然后爬到马桑树顶，搭上箭朝太阳射去，射落了六个太阳。剩下的那一个太阳，看见前边六个太阳被神箭射死了，吓得赶紧躲到厚厚的云层里面，不敢再出来。[④]

后羿射日之后，太阳乖乖地按照规律运行，而仡佬族的老公公射落六个太阳后，剩下的一个太阳却躲了起来。于是，仡佬族的先民们开始了“喊太阳”的艰难历程。老公公先叫马去喊，太阳不出

① 程憬：《中国古代神话研究》，北京大学出版社，2011 年，第 25 页。

② 潘定智等：《贵州神话史诗论文集》，贵州民族出版社，1988 年，第 68~69 页。

③ 钟敬文：《钟敬文民间文学论文集（上）》，上海文艺出版社，1982 年，第 306 页。

④ 田金海、潘定智、罗懿群等：《中华民族故事大系·仡佬族 锡伯族 阿昌族》，上海文艺出版社，1995 年，第 6~7 页。

来；又叫牛去喊，太阳还是不出来；最后叫公鸡去喊，还答应了公鸡提出的头上戴红梳子、身上穿红锦袍的条件。公鸡站在山顶上喊了三天三夜，终于将太阳喊了出来。后来，太阳姑娘爱上了公鸡哥哥，只要她一听到公鸡哥哥的啼叫，就赶快出来。不过，由于她害羞，哪个要看她，她就拿针刺哪个的眼睛。

《制日月》《太阳和月亮》①《公鸡叫太阳》②与《喊太阳》异曲同工，都将太阳视为女性，月亮视为男性，而且作为女性的太阳都胆小怕羞。这与汉文化中太阳代表阳刚、月亮代表阴柔的象征意义相反。由于胆小，太阳白天出来；由于怕羞，太阳放射刺眼的光芒，让人不敢看她。这似乎是对为什么白天有太阳、太阳刺眼的表层解释，深层意义是母系氏族社会女性为尊观念的表现。《喊太阳》及类似神话经过数代人的口传加工，形成了情节丰富、故事性强的特点，有丰富的文化内涵。

洪水神话

流传于关岭一带的《洪水朝天》讲的是一个机巧故事：

农民有病，听说只有雷公的肉才能治好，就设下牛踩糍粑的陷阱，雷公怒劈糟蹋粮食的耕牛时，被糍粑粘住，关进笼子。雷公趁农民外出买盐时和两兄妹玩耍，让两兄妹打开了铁笼。为了感谢两兄妹，雷公对他们说："过几天就要发洪水了，你们两兄妹拿这些种子种上，结出葫芦，你俩就坐在葫芦里。"说完，递几颗种子给两个小孩，就打起大雷，扯起火闪，冲破铁笼，上天去了。两兄妹照着雷公的话去做，把种子种了，很快长出来，结了个大葫芦。过

① 中国民间文艺研究会贵州分会、贵州民族学院：《民间文学资料》第49集，内部刊印，1982年，第6~9页。

② 中国民间文艺研究会贵州分会、贵州民族学院：《民间文学资料》第49集，内部刊印，1982年，第10~12页。

几天就发大洪水了，把人都淹死了，只剩两兄妹坐在葫芦里没被水淹死。①

设下糍粑陷阱，巧捉雷公，引发洪水的情节在其他洪水神话中很少见到，这是仡佬族先人对洪水滔天史实独特的认识。雷公与小孩的对话具有童话色彩，符合人类童年对自然事物的认知水平。雷公被农民设计捉住的情节，解构了雷公的神秘要素，具有神人同形同性的特点。

流传于水城一带的仡佬族神话《伏羲兄妹制人烟》隐含了惩恶扬善的内涵：

兄妹四人上山开荒，遇到一位老者，告诫他们说，水要涨满天了！大哥二哥认为老者胡说，要打死这个老者；三弟和四妹劝住两个哥哥。老者拿了一些葫芦籽送给三弟和小妹，叫他们赶快种葫芦。

有一天，老者又来对老大老二说："洪水来了，你们两个坐进铁锅里头，还要赶快拿一口铁锅盖起，要不然，洪水漫天你们就活不成了。"又说："你家小的两兄妹，要赶快把葫芦掏空，大水来了，赶快坐进葫芦去，不然就逃不脱。"

果然这家几兄弟都照着办了。三弟和四妹刚坐进葫芦里，洪水就涨满天上去了。大哥二哥坐铁锅，沉到水底去了。②

故事里，老者，知道未来，并主宰了四兄妹的命运。老者将神示告知四兄妹，老大老二认为老者多管闲事，恶语相向；老三老四聪明善良，善意劝解，问明缘由。善有善报，老三老四坐进葫芦，化险为夷；恶有恶报，老大老二被铁锅拖累，沉入水底。《伏羲兄妹制人烟》在讲述洪水朝天故事的同时，也灌输了传统善恶有报的

① 中国民间文艺研究会贵州分会、贵州民族学院：《民间文学资料》第 49 集，内部发行，1982 年，第 28 页。

② 中国民间文艺研究会贵州分会、贵州民族学院：《民间文学资料》第 49 集，内部发行，1982 年，第 36~38 页。

观念。

流传于毕节一带的《阿仰兄妹制人烟》[①] 与《伏羲兄妹制人烟》内容大体相似。天神彻格化身老者下凡，劝说阿茹、阿迭、阿仰三兄弟和妹妹不要开荒，因为洪水要来了。阿茹、阿迭暴跳如雷，要打死彻格。阿仰劝说两位哥哥，虚心向老者讨教。彻格叫老大用花桑树做船，老二用白栈树做船，老三用杉树做成大葫芦，待洪水来时逃难。洪水来了，老大老二的船沉水底，阿仰和妹妹坐在用杉木做的葫芦里逃过灾难。

在务川一带流传《挑花不如窖葫芦》的洪水故事：

深山里两兄妹的院子接连几天飞来一只鸟，飞到妹妹绣花的屋檐就停下来不停地唱："挑花不如窖葫芦。"且叫声越来越凄厉。兄妹俩揣摩鸟叫声，认为其中有深意。于是，在屋檐下种了两株葫芦。

这葫芦一长出来，就神奇地疯长，很快牵上屋檐，结了一个葫芦。结果这个葫芦又疯长起来，能容下两个人栖身。这时，洪水朝天而来，兄妹俩只好钻进葫芦。洪水肆虐过后，兄妹俩才从葫芦里钻出来。这时，世间已没有其他人烟。[②]

仡佬族神话中，洪水来临之前有神示或有预兆。动物对自然灾害比较敏感，在灾难来临之前它们最先感知。鸟的预警说明动物对自然灾害有预知，兄妹善于观察动物的变化，从而逃脱了灭顶之灾。

流传于平坝一带的《洪水朝天》[③] 写了伏羲兄妹躲进葫芦避开洪水的故事。普定县仡佬族每年的农历三月初三要祭山，祭山的唱词《三月三》[④] 也写到了洪水神话。阿伏阿兮兄妹藏身葫芦，在洪水

---

① 燕宝、张晓：《贵州神话传说》，贵州人民出版社，1997 年，第 44~50 页。

② 邹进扬：《仡佬故事》，中国文史出版社，2016 年，第 4~6 页。

③ 中国民间文艺研究会贵州分会、贵州民族学院：《民间文学资料》第 49 集，内部刊印，1982 年，第 31 页。

④ 贵州省安顺地区民族事务委员会：《仡佬族古歌》，贵州人民出版社，1991 年，第 3~5 页。

中漂荡，直到洪水消退。两个故事重点写洪水消退后兄妹成亲的周折。《洪水朝天》的伏羲兄妹与《三月三》中的阿伏阿兮兄妹，借用的是中华民族人文始祖伏羲，仡佬族也将他作为本民族的始祖。

《伏羲兄妹制人烟》讲述了洪水朝天的原因：

猴子见地上旱灾严重，就把金盆的水倒了下来。倒得太多，到处是水，漫上去，快漫到天上去了。天仙老祖见势不妙，就赶紧用竹竿东戳一个洞，西戳一个洞，水才慢慢消下去。现在随处可见的溶洞就是当时天仙老祖用竹竿戳的。[①]

猴子好心办坏事，因急于求成而造成洪水泛滥。如此大灾难，背后竟是这么一个简单的原因。这并非戏说洪水灾难，而是仡佬族先民以原逻辑思维对洪水灾难的独特认识和理解。

以上洪水神话的主角都是兄妹二人，这是为下一阶段的救世和人类起源作铺垫。伏羲兄妹、阿伏阿兮兄妹作为仡佬族洪水神话以及救世神话的主角，表现出仡佬族先人对中华民族人文始祖伏羲的高度认同。

人类起源神话

仡佬族有《四曹人》的说法，“曹”是方言，一曹意为一批，四曹人就是说现在的人类已经是第四批在地球上出现的人类了：

从风吹一曹，火烧一曹，水淹一曹到现在，已经是第四曹人了。原来，头一曹人是天神用泥巴捏的，遇着刮罡风，被风吹化了；第二曹人是天神用草扎的，被天火烧光了；第三曹人是天上星宿下凡来投生发展的，遇着洪水朝天，淹死无数，只剩下阿仰兄妹二人；

① 中国民间文艺研究会贵州分会、贵州民族学院：《民间文学资料》第49集，内部刊印，1982年，第29页。

洪水之后，天神彻格下凡来指点，阿仰兄妹成了婚，才传下现在的第四曹人。[1]

仡佬族关于人类起源的神话是与洪水神话连在一起的。洪水滔天之后，幸存的兄妹俩看到世间一片荒芜，既觉得孤独凄凉，又感到难以承担以兄妹开亲来繁衍人类的重任，于是矛盾纠结。怎样让人类繁衍下去，仡佬族各个地区流传的故事不尽相同。

毕节一带流传的《阿仰兄妹制人烟》认为是天神彻格解决的这一问题：

彻格看到幸存的阿仰兄妹正在为传下人烟发愁，就叫阿仰上天去找三个仙女求婚。阿仰吹着芦笙，踏着祥云，来到天上。三个仙女是三姐妹，都不愿意与他成婚。彻格要阿仰兄妹俩成婚，东说西说兄妹俩就是不同意。彻格想出一个办法：你们各扛一扇磨子，一个爬东坡，一个爬西坡，一起往中间滚磨，要是磨子来相合，你们应该成婚。

阿仰心想，我要是往外面滚，磨子一定合不拢来，也就答应了彻格。他扛起一扇磨子爬东坡；妹妹扛起一扇磨子爬西坡，妹妹扛的朝哥哥滚，哥哥扛的朝外面滚。咳，说来也怪，哥哥扛的那扇磨子顺着坡腰绕了一圈，又滚来和妹妹滚下的那一扇，合拢在一起了。

……

阿仰推脱不过，和妹妹成了婚。后来他们生下九个儿子，可是，九个儿子都不会说话，不会找吃，不会找喝。无法了！阿仰又吹着芦笙，上天去找彻格。

彻格说："闷竹林子的竹子长得有九个节，你拿去锯了放在火中烧，锯一节就烧一节，烧一节就爆一节，爆一节就有一个儿子会

① 中国民间文艺研究会贵州分会、贵州民族学院：《民间文学资料》第49集，内部刊印，1982年，第13页。

说话。”[1]

阿仰照做之后，九个儿子果然会讲话了，但每个人讲的话各不相同，互相之间无法沟通。“后来九个儿子分开坐，就分成各种不同的民族。现在的苗族、彝族、仡佬族、布依族、侗族等，就是从那时候分下来的。”儿子生下来不会说话，不会吃喝，是近亲结婚的后果。神话中天神出面解决了这个问题，而且还为多民族杂居找到了合理的解释。

《伏羲兄妹制人烟》中的伏羲兄妹在洪水消退后，想找人繁衍后代，可是没有人烟。天仙老祖叫兄妹成婚，说动了妹妹，但哥哥不肯。他们在滚磨子、滚簸箕、穿针的过程中知道了天意如此后，兄妹只好结婚。同样的故事在《人皇制人》[2]等神话中也出现过。

马克思指出：“如果说家庭组织上的第一个进步在于排除了父母和子女之间相互的两性关系，那么，第二个进步就在于对姐妹和兄弟也排除了这种关系。这一进步由于当事者的年龄比较接近，所以比第一个进步重要得多，但也困难得多……不容置疑，凡血亲婚配因这一进步而受到限制的部落，其发展一定要比那些依然把兄弟姐妹之间的婚姻当作惯例和义务的部落更加迅速，更加完全。”[3]仡佬族人认识到兄妹婚配的不道德性质，但历史上的确存在着这一现象，就以神示的方式为先民解脱，说明仡佬族在婚姻制度上已经有了进步。

平正仡佬族乡一带流传的《土王和张大姐制人烟》是人类繁衍的另一个版本：

---

① 中国民间文艺研究会贵州分会、贵州民族学院：《民间文学资料》第 49 集，内部刊印，1982 年，第 18~27 页。

② 中国民间文艺研究会贵州分会、贵州民族学院：《民间文学资料》第 49 集，内部刊印，1982 年，第 14~17 页。

③ 马克思、恩格斯：《马克思恩格斯全集》第 21 卷，人民出版社，1958 年，第 49~50 页。

洪水过后，世上已经没有了人烟。地府放出土王带着三头牛来到世上，另外还有一个张大人也来到世上。张大人以给土王介绍媳妇为由，三次变换模样，吃了土王的三头牛。土王没有了牛，正在烦闷，却在一群蚂蚁的带领下，顺着长梯走下坡去，看见一个年轻漂亮的女子正在用蛋壳煮饭。这时，张大人出现了，土王问张大人为什么一去不复返，给他介绍的媳妇在哪里？

“我故意变的，也是想试你真心不真心。”张大人说，“你肯杀三回牛给我吃，你是真心要成家，我才带你来的。要谈的就是我的这个妹妹，看你合意不合意？”

张大姐喜欢土王本事大，土王喜欢张大姐人品好心肠好，你看我，我看你，还有哪个不喜的？

于是，他们顺着梯子爬上来，结成夫妻，传下了世上的人烟。

从故事情节来看，张大人与张大姐应当是蚂蚁精。土王顺着长梯进入的应当是蚁穴，张大姐用蛋壳煮饭要供几百人吃，这几百人应当也是蚂蚁。地府的土王与成精的蚂蚁成亲繁衍人类，没有兄妹成亲的血缘问题，可见，《土王和张大姐制人烟》这一神话故事的出现要比“兄妹制人烟”的故事要晚一些。

仡佬族古歌《三月三》①《泡筒歌》②是人类起源神话的延伸，解释了人类诞生后生存环境、衣食住行等的发展，并以诗歌的形式形成祭祀词，祭祀给予仡佬族先民帮助的天神、仙女、自然神。

① 贵州省安顺地区民族事务委员会:《仡佬族古歌》，贵州民族出版社，1991 年，第 3~9 页。

② 贵州省安顺地区民族事务委员会:《仡佬族古歌》，贵州民族出版社，1991 年，第 34~48 页。

古歌与傩戏

演唱古歌是仡佬族传统风俗活动，多在节日、祭祀、婚嫁、丧葬等仪式程序中进行，是这些仪式的重要组成部分。主唱者为巫师、主祭者或宗族内德高望重的老歌手，氛围庄严肃穆。古歌以古代神话传说等为主要线索，一般围绕开天辟地、人类起源、人类发展等创世过程进行叙唱，同时，根据仪式的需要加入其他如祈福、悼亡等内容。古歌属于长篇韵文体，使用同一曲调歌唱不同段落，内容丰富。仡佬族古歌大致可以分为祭祀歌、丧葬歌等，代表作品是《叙根由》。

祭祀歌

《祭山歌》① 是贵州普定一带仡佬族在每年农历三月初二或初三祭山时的祭祀歌（后称三月三），分为《三月三》《祭山神》两个部分。由普定窝子寨果珠（即祭师）王云峰承传下来。祭山是仡佬族隆重的祭祀仪式，祭师要在祭祀前三天做好准备工作，请来祖先，然后开始祭祀。

《三月三・兄妹成亲》讲述的是阿伏阿兮兄妹藏身葫芦，在洪水消退后奉天意成亲，繁衍人类的故事。《三月三・兄弟赶山》讲

① 贵州省安顺地区民族事务委员会:《仡佬族古歌》，贵州民族出版社，1991 年，第 23~27 页。

述阿把九兄弟赶山被封为山神的故事。阿把、阿诺、阿谷、阿尼、阿业、阿仡、阿卜、阿达、阿尤九兄弟奉天神敖伟之命赶山填海，途中神鞭被人换了，九兄弟赶不动山从而累死在山坡。九兄弟为赶山献出生命，从此仡佬族才开始祭山：

敖伟表彰其功绩，生前他们管地盘，死后追封为山神。敖伟追封时，恰是三月三。敖伟封了代代传，从古至今才祭山。

从古至今代代传，每年三月要祭山。哥哥是在初二祭，弟弟是在前一天。祭了山神得保佑，寨寨老幼得平安。生前兄弟管地盘，死后追封为山神。人生地盘不用买，死后不用买路钱。

祭词讲述了山神及三月三祭山神的来历，歌颂了仡佬族九兄弟开疆辟土的功绩，同时，诠释了作为“地盘业主”的仡佬族“人生地盘不用买，死后不用买路钱”的缘由。

《祭山神》是祭拜山神时祭师的唱词，记录了仡佬族三月三祭祖的全过程。三月三恭请的神祇与祖先是“敖伟天神，列位山神，地盘业主”。另外，还请外出的人“转来喝酒”。全寨人非常虔诚地奉请：“三天总共请九回。为何三天请九回？是怕你们来不齐。”然后告知天神、山神和祖先，全村老少已经按照辈分入座，请天神、山神、祖先阿把九兄弟等落座。接着歌颂天神、山神和祖先的功德：

现在我们地方好，全靠你们的业绩。坡是你们赶来的，山是你们留下的。你们开辟的地盘，宽广抵天边。我们享你们开的大河，享你们开的水渠，享你们砌的城墙，享你们建的仓房，享你们修的瓦屋。子孙后代用不完，千秋万代不用买。

山神与祖先回来接受祭祀，地盘任由他们行走，请他们回到各自的领地，更重要的是要为子孙赐福祈福、驱邪除病，保佑地方风调雨顺、无灾无害，保佑家家户户平安健康、儿孙兴旺，保佑猪肥马壮、鸡鸭成群：

你们喝了要赐福，你们吃了要保佑。保佑人人不生病，保佑家家得平安。保佑儿孙长成人，保佑老年延年寿。保佑儿孙多聪明，保佑老辈常健康。子孙走好运，保佑子孙有吃穿……保佑风调雨顺，保佑庄稼无虫害，保佑寨邻无灾害，保佑四季得平安……样样托福保佑好，样样托福保佑全。

事无巨细，皆托付于天神、山神与祖先，表达全寨男女老少对来年的美好祈愿。同时，请求天神、山神与祖先要为寨子驱邪逐魔，带走三灾八难，赶走妖魔蛇怪，驱逐野猫耗子；要为寨子除病消灾，将附着在篱笆角、房檐角，粘在门上、床上、窗子上的牛病马病、猪瘟鸡瘟，将一切事物上的疾病通通赶出去。最后一个仪式是送天神、山神和祖先回去。在送天神、山神和祖先的唱词中，突出了竹子的作用和地位：竹子会指路和说话，竹子做成的扁担和拐杖送祖先们回家。由此引出仡佬族共同的祖先竹王："会讲会说是竹王，我们世代敬供他。竹王万世保佑我们，仡佬家家享太平。"

《祭山歌》记录了祭祀山神仪式的整个过程，语言质朴，贴近生活。祭祀山神的目的性、实用性很强，重点在祈福驱邪。阿把等九兄弟既是祖先，也是山神，九位山神守护着仡佬族的大山，表现出仡佬族地盘业主的身份。《祭山歌》讲述的故事，描述的事物，所用的词语，都有很强的地域性和民族性。

《祭山歌》有两个附录：《三月三用书》和《供山用书》。《三月三用书》谈到两个历史事件对仡佬族的影响：楚襄王派兵进西南，"就把夜郎灭"；明代洪武年间"西南仡佬被扫光"。《供山用书》对两个历史事件进行具体的描述，表现仡佬族从地盘业主到被赶进深山的悲惨遭遇：

楚王一时得了胜，摆下一阵九里山。楚王设下牢笼网，害死仡佬万万千。幸有老天开龙眼，逃脱仡佬九汉在，仡佬九汉又发誓，立志同心保江山。

……

本是洪武来开赦，调起北兵来填南。西南仡佬被消光，又调北民来填南……这样遭难无数次，四处分散难团圆。仡佬遭劫人减少，余下无处把身安。仡佬苦处无处诉，离家分散各自迁。

两个附录是民国年间的手抄本，记事止于洪武年间，作者无从考证。所记述的事件没有在祭祀时唱出来，而是作为山神阿把、阿诺、阿谷等九兄弟赶山、重建家园的背景，表现仡佬族曲折坎坷的历史遭遇，坚韧顽强、忍辱负重的民族精神，以及强劲的生命力。

丧葬歌

仡佬族老人去世，要举行祭奠仪式，唱丧葬歌。各地仡佬族丧葬仪式不同，所唱的丧葬歌也不同。在贵州省关岭、镇宁、晴隆等地，仡佬族办丧事时所举办的仪式与所唱的丧葬歌大致相同。下面所述丧葬歌由关岭布依族苗族自治县岗乌镇简嫩村仡佬族普菲（即祭师）刚友文与刚友高提供，故称《关岭简嫩丧葬歌》①。《关岭简嫩丧葬歌》分“敬孝忠”“别人间”“祖宗引去”“清根由”“陪影身”“述鸡”“指路”等七个部分，也是丧葬仪式的七个程序。“敬孝忠”是丧葬仪式的第一个程序，由普菲讲述，从逝者生病请普菲驱邪除病，到病亡由普菲大殓的过程。“别人间”叙述逝者告别亲人和家乡的过程：

你只望着水，你就望着水。一股淌上，一股淌下，水不相连了，你如水一样与儿女分开，从此不能与儿女在一起。从哪里分开？从哪里分离？从房间里分开，从房间里分离；从家什分开，从锅边分离；从火塘边分开，从灰堆旁分离……

① 贵州省安顺地区民族事务委员会：《仡佬族古歌》，贵州民族出版社，1991年，第61~119页。

唱词用复沓、排比的手法，描写逝者对亲人与朝夕生活之地恋恋不舍之情，语言质朴简单，感人至深。特别是关于水“一股淌上，一股淌下”各奔西东的描述，形象阐释了骨肉分离之哀痛。

逝者肯定不愿离开寨子，会“跳动哼叫”，就要由“祖先引去”，引他到该去的地方，去陪伴逝去的祖先。因此，祭师叫逝者不要在房间、锅旁、家什旁、火塘边、灰堆边、屋角等地方“跳动哼叫”，什么都说清楚了，什么都交代完了，“把你交给祖公了，把你交给祖婆了，你们是两父子，你们是两婆媳。好好引你去，好好引你走，你要记清楚，你要记明白”。

第四个程序“清根由”并非清逝者籍贯，而是叙述逝者父亲从提亲、迎亲，到母亲生下逝者的过程，清的是逝者从娘胎出来的“根由”，以记住父母养育之恩。“陪影身”由普菲、逝者亲人、奔丧客人及丧仪帮忙者唱，由七人唱七遍。这段唱词颇具文学色彩：

你的影身像哪样？你的影身像什么？你的影身像云雾，你的影身像云彩。一股风，一阵风，刮你去哪你去哪，吹你去哪你去哪。

你的影身像哪样？你的影身像什么？像山垭上的茅草，像岩缝中的茅草。一股大风，一阵岩风，刮你偏哪你偏哪，刮你偏哪你偏哪。

你的影身像哪样？你的影身像什么？你的影身像雨点，你的影身像露珠，落地就消，落地就散。隔着扇子对你讲，隔着扇子同你说。牛角倒酒给你饮，牛角倒酒给你喝。不见你的影身啊！你的影身不见了。

将逝者的影身比作云雾、云彩、茅草、雨点、露珠，似有若无，虚无缥缈，稍纵即逝。死者与生者之间隔着一层扇子，将生离死别之情描写得淋漓尽致。质朴的语言，精巧的比喻，写出吊唁者无尽的哀思。“述鸡”是杀鸡祭亡灵时由普菲所唱，要亡灵保佑子孙后代发达兴旺。最后是“指路”，普菲为亡灵指路，为亡灵搭天梯，开天门，去会见逝去的祖先。《关岭简嫩丧葬歌》贯穿丧葬仪式的整个过程，随着歌唱的内容，普菲与丧家做出相应的祭奠仪式，可见仡佬族对逝者的尊重和丧葬礼仪的庄严隆重。

《平坝大狗场丧葬歌》分为“开光词”“指路”“做好事”“绕棺”“规劝词”“喊魂”六个部分，贯穿丧葬仪式的整个过程。仡佬族老人去世入殓前，由纳汗（即祭师）扫棺，唱“开光词”，用一碗酒三张纸钱为亡人“开光”（即擦脸）；入殓盖棺后，用一只孵过小鸡的母鸡作指路鸡，纳汗唱“指路歌”，向亡人祭酒，孝子磕头；第三个程序是“做好事”，请来五位神仙：刀吾、刀月、羊鲁构褒、纯鲁构褒与稍欧沙，以及野朗（天庭）主人、地盘主人、古老前人、土地神、门神、灶神等诸神，然后请他们共饮美酒，同享美食，请他们保佑子孙后代平安幸福：

刀吾请喽！刀月好啊！羊鲁构褒来了，纯鲁构褒来了，装酒的师傅来了，来到我身边，来到我身旁。酒坛装满了，香炉安好了。保佑牛满圈，保佑马满厩，保佑谷满楼，保佑水满缸，保佑脚轻手快，保佑身体安康……地盘主人，好啊！古老前人，都好啊！①

请来诸位神仙、先人，以美酒美食表达崇敬之情，更是希望得到他们的护佑，得到他们美好的祝愿。“绕棺”之后是“规劝词”。“规劝词”既是对亡人音容笑貌的追忆追思，也是教诲后人要孝敬父母的一种形式。最后一个仪式是“喊魂”，在安葬亡人之后的第三天举行。族人及亲友三天后去看坟，怕亡人抓住族人及亲友的魂，因此由纳汗为生者喊魂。整个仪式古朴庄重，礼节周全，口语化的唱词贴近生活，情真意切。

① 贵州省安顺地区民族事务委员会:《仡佬族古歌》，贵州民族出版社，1991 年，第 119~146 页。

古歌《叙根由》[1]

仡佬族古歌《叙根由》又称“十二段经”，流传于贵州省毕节市黔西、织金、纳雍、大方四地交界的六圭河沿岸仡佬族雅伊支系中，有4600多行，是规模最大、篇幅最长的仡佬族口传古歌。《叙根由》在超荐亡灵的仪式上，由师人（祭师）、陪坐人（副祭师）用仡佬语演唱，并随着歌唱内容做相应的动作。《叙根由》由掌坛师家庭传承，已传承大约300年，可见《叙根由》的形成时间远远超过300年。《叙根由》共十二章，涉及内容广泛。主要内容有：祭祀缘由和准备工作，类似创世的神话，人类起源神话，原始社会生产劳动情景，训世寓言。

祭祀准备　祭祀的第一件工作是寻找师人与陪坐人。主人家到大定府（今大方县）、水城厅（今六盘水市内）、化启白泥铺（今织金县内）、金沙凹脚（今金沙县内）寻找，最后在赵家下坝找到了师人与陪坐人，这四个地点划定了古歌流传的方位和范围。在祭祀过程中，用草果清洗死者身体是重要的环节。第二章“找草果”讲述找草果的历史，用草果清洗死者身体的过程。寻找草果、种植草果的过程，实际上是仡佬族人将草果从野生转为人工种植的过程，是仡佬族人农耕生产的象征性描写。

生产劳动　“砍树造房”“打虎、擒獐、射羊”“挖矿炼铁”等三章描写仡佬族人在古代社会生产劳动的情景，展示仡佬族先民勤劳勇敢、建设家园的景象。此三章的主人公都是阿利。阿利平整好地基，准备好木料，在金沙凹脚请来了木匠，然后刨中柱、檐柱、椽子、檩，将之串拢立稳，盖上茅草，建好了房屋。朴素的语言展示出仡佬族先民勤于思考、敢于创造的奋斗精神。如“挖矿炼铁”：

阿利要挖铁矿啦！阿利拿什么去挖？阿利拿锄头去挖。好料他

[1] 罗懿群、吴启禄：《仡佬族古歌：叙根由》，贵州民族出版社，2009年。

要挖三堆，坏料他要挖三堆。阿利拿什么撬矿？阿利拿拐棍撬矿。好料他要撬三堆，坏料他要撬三堆。阿利要背铁矿石，阿利拿什么去背？阿利拿背架去背。什么来做背架索？棕丝来做背架索。再用什么做背后垫？再用破席做背垫。好料他要背三堆，坏料他要背三堆。

仡佬族擅长炼铁、铸铁和锻铁，其打铁技术为世代相传的传统工艺，其中一支有“打铁仡佬”之称。“挖矿炼铁”描述仡佬族先民发现矿石、开掘矿石、铸造工具的过程，颂扬仡佬族先民的创业精神。再如阿利请来汉、苗、彝、布依等民族的猎手集体狩猎场面的描写：

阿利把谁请了来？阿利请得汉人来。阿利把谁请了来？阿利请得苗家来。阿利把谁请了来？阿利请得爷爷来。阿利把谁请了来？阿利请得彝家来。阿利把谁请了来？阿利请得布依人来。汉人扛着什么来？汉人扛了枪炮来。苗家背着什么来？苗家背了弩弓来。爷爷扛着什么来？爷爷扛了挡耙来。彝家披着什么来？彝家披了披毡来。布依人吹着什么来？布依人吹起牛角来。

“打虎、擒獐、射羊”一章中，五个民族的猎手各司其职，同心协力，成功围猎老虎。各族猎手友好地分配猎物，仡佬族人分得了老虎的下牙巴（颌骨）。同时，在围猎岩鹰、野羊、鹿、獐子的过程中，仡佬族人分得了鹰爪、羊角、鹿蹄、獐脚。颌骨、角、爪、蹄等部位，都较为坚硬，便于保存，可用作装饰和法器。对五个民族猎手围猎老虎、分享猎物的描写，表现出当时团结和谐的民族关系。

创世神话　第十章“巨人由禄”将他的身躯与大地万物结合起来描写，表现由禄化身大地的奉献精神，是仡佬族人对大地万物形成的原始认知。

由禄的身躯化为大地万物，与仡佬族创世神话《巨人由禄》《无限制地》相似，同属于“巨灵躯化”式的创世神话。仡佬族由禄变身为地的神话以古歌的形式表现，运用了铺陈、排比等表现手法，显得更加生动活泼。

第七章描写铁牛精“那约”：头像砧礅，角像梭镖，眼睛像灯盏，牙巴像铧口，舌头像锅铲，鲜血像铁水，肠子像铁链……古歌对那约的叙述止于对其形状与神力的描写，对其神力所产生的效果，对自然的改造，对生产力的推动等，没有进行联系。第八章“阿利捉风”描述人与自然的斗争。阿利战胜风怪的方法是捉风。他将牛皮放在山垭口，带着猎狗去捉风。阿利捉住了风怪九弟兄，将它们关在土坑里。可惜耗子打洞，风怪得以逃脱，依然造成风灾。阿利捉风虽然功亏一篑，但仍然表现出仡佬族先民与自然灾害进行斗争的英雄气概。风被拟人化，由无形之物成为具象之怪，使作品更加曲折生动。

人类起源　第九章“阿仰兄妹制人烟”讲述人类起源的故事，情节包括“大哥做错九件事”“洪水朝天”“兄妹结婚”“九子九个族”等内容。大哥做错的九件事，属于劳动生产、社会生活最基本的内容，如“舀酒当水去打田”“叔娘被他叫嫂嫂”等，表现原始人类对社会生活艰难的认知过程。“洪水朝天”“兄妹结婚”“九子九个族”等内容，讲述阿仰兄妹逃离洪水灾难，兄妹成婚繁衍人类的故事。阿仰兄妹逃离灾难，一方面有天神彻格爷爷的神示，另一方面是阿仰的勤劳善良感动了天神，体现了仡佬族先民勤劳善良、勇于牺牲的民族品格。阿仰兄妹生下的九子不会说话，经天神指点，燃爆竹节，九子才开口说话，并分为九个民族。

第一章“婆媳不和”、第十一章“猫呼呼借窝”、第十二章“由海的浪荡儿”为训世寓言。三章分别讽喻婆媳矛盾、只想坐享其成、游手好闲等社会现象，表现仡佬族先民在处理社会问题、家庭矛盾方面的思考。

《叙根由》内容丰富，有开天辟地的神话故事，有人类起源的民族传说，有生产劳动的动人场景，有社会生活的劝谕寓言，有丧葬仪式的繁复过程，形式古朴，韵律和谐，“被人们当作‘经典’，当作‘生活和历史的教科书’而世代口耳相传”[①]。

傩戏剧本

“傩戏是在傩祭仪式活动中逐渐演变出来的戏剧形式。”[②]是傩祭仪式的组成部分，在傩祭仪式过程中演出。傩戏由于其古老的演出形式和多学科的研究价值，被称为“戏剧的活化石”。仡佬族傩戏主要集中在贵州省道真仡佬族苗族自治县、务川仡佬族苗族自治县与正安县，尤以道真傩戏内容最为丰富。道真傩戏已被列入国家级非物质文化遗产名录。

仡佬族傩戏共有近百个剧目，大致可分为“正戏”（紧扣仪式主题表演的戏）和“插戏”（娱人戏）。正戏如《开洞》《打洞》《交标合会》《炳灵领牲》《灵官镇台》《跑功曹》等；插戏主要有《骑龙下海》《山王图》《战洪山》《钟馗斩鬼》《秦童挑担》《盘学》《赵元求寿》等。傩戏的神祇、人物、故事多取材于秦汉之前的神话传说与历史事件，少数取材于唐宋，表现惩恶扬善、抑强扶弱等正义行为，宣扬忠孝节义、忠厚质朴等传统美德。

傩祭仪式将祭与戏融为一体，祭中有戏，戏中有祭，祭与戏相间进行。正戏紧扣仪式主题，是带戏剧性的仪式程序，不可简省。

《跑功曹》是傩戏正戏。里域都官（唐代文学家韩愈神号）差遣年值功曹、月值功曹、日值功曹、时值功曹到天府宫、华山宫、五岳宫、八庙宫投递文书，申迎大小神祇降临傩堂。有三个程序：唱神歌、传四值、投文书。里域都官的随侍白牌小将到四宫传信，他故作痴傻，插科打诨，自言自语，妙语连珠：

团转（邻近）的媒人她整我，端端给我说个恶老婆。她吃烟要

① 罗懿群、吴启禄：《仡佬族古歌：叙根由》，贵州民族出版社，2009 年，第 1 页。
② 庹修明：《巫傩文化与仪式戏剧研究》，贵州民族出版社，2009 年，第 8~9 页。

我拿火，她睡觉还要我渥（暖）脚。说得三句言不语，挠（扛）根棒棒就要来敲我的脑壳……我承认帮她洗里（裏）脚。我到河里这一搓，那一磨，河水都浑了一半河。大鱼闹（毒）死千万个，小鱼闹死一大河。这时候四邻百姓来找我，要我担水来洗河。

这些独白与到他四宫传信并无联系，但起到活跃气氛、娱神娱人的作用。

正戏《开洞》为冲傩的必做程序，意在打开桃园三洞（青阳洞、南阳洞、云霄洞），放出上、中、下三界神祇，帮助主人了却心愿。法师化身藏魂于三师殿，五彩祥云托起唐氏太婆来到傩堂。唐氏分管桃园三洞，受法师礼请，打开了三洞，请出三清诸佛、玉皇大帝、李龙神君、三元三品三官大帝等诸神。请来诸神后，法师放魂归身。其中也有插科打诨的情节，以绕口令的形式诉说世间发生的稀奇事，起到愉悦的作用。《开洞》请来各路神仙后，还须各路兵马前来助阵。正戏《打洞》由东方、南方、西方、北方四名打洞童子打通东南西北中五方洞窟，“取得兵来千千万，请得马儿万万千”。

仡佬族傩戏之插戏又称花戏，可以根据法师或信人意愿在仪式的某一环节灵活安排。插戏的演出可以活跃气氛，增加娱乐色彩，增强仪式氛围。插戏多取材于神话传说与历史题材，如冲傩“迎桥”仪式后可加演《收蚩尤》或《绣洛阳桥》，“灵官镇台”仪式后可加演《战洪山》或《财神图》，领牲仪式后可加演《五岳图》或《金鸡岭》，等等。另外还有剧目《三闯》《河东》等 80 余种插戏。20 世纪 80 年代以后，在现代传媒的影响下，插戏的观众减少，除《山王图》《跑功曹》《骑龙下海》《下天门》《钟馗斩鬼》《战洪山》等经典剧目偶有演出外，其余很少演出。

插戏《收蚩尤》在“迎兵接圣”程序之后演出。黄帝战胜炎帝登上皇位，让九个儿子分管九州。蚩尤没有封地，愤愤不平而起兵反抗：

闻听一言心恼恨，轩辕做事太不平。自坐龙庭管天下，九子又霸九州城。占去青扬雍徐豫，兖荆梁冀四州城。蚩尤四望无有地，无地怎能管万民。叫你让出一州地，两家合好罢刀兵。倘若固你家天下，鬼火神烟不留情。

戏中，黄帝派柏简带兵攻蚩尤，被蚩尤用五色神火灭于北海。黄帝带着九子，亲自征伐，收了蚩尤。黄帝将每年八月戊子日定为蚩尤祭日。这一天，妇女不出嫁，不梳头，以示悼念。

傩戏受演出场地、演出背景、演出道具等因素所限，主要依靠人物独白与对话来叙述故事情节，刻画人物形象，传达思想观念，所用语言主要是充满乡土气息的俗语。同时，傩戏也运用了倒叙、插叙、对比、衬托等戏剧表现手法。傩戏发源于民间，在民间流行，地域文化在傩戏中打下深刻的烙印，特别是方言俚语的运用，是傩戏的一大特色。

传说故事

竹王传说

仡佬族生活的环境适合竹子的生长，山间竹林成片，房前屋后翠竹环绕，这使仡佬族与竹结下了不解之缘，这是竹王传说、竹图腾、竹文化产生的自然条件。流传在仡佬族的竹王传说有多个版本，如翁家烈收集的流传于黔西南一带的《竹王》：

倡乳姑娘无父母兄弟姐妹，独自一人住在岩洞，垦荒织布度时光。一天，倡乳在河边洗衣服，突然水中冒出竹筒一节，旋转着漂至面前。她捞起竹筒，听见筒内传出婴儿的叫声，便用棒槌敲破竹筒，见一男孩躺在其中，手舞足蹈，非常逗人喜爱。倡乳忙用袍包裹婴儿抱回家中抚养，取名“笃筒”。[①]

后来，笃筒打死咬死母亲倡乳的老虎，仡佬族人敬佩他的勇敢，推举笃筒为王。因他生自竹筒，故有“竹王”之称。另一版本是载于《中华民族故事大系》的《竹王的传说》[②]，该故事的人名、情节与翁家烈的《竹王》相似，不同之处在于笃筒建立国家的经过。笃

① 翁家烈:《仡佬族》，民族出版社，1992 年，第 54 页。

② 田金海、潘定智、罗懿群等：《中华民族故事大系 • 仡佬族　锡伯族　阿昌族》，上海文艺出版社，1995 年，第 18 页。

筒打虎事迹传开之后，仡佬族的寨子都请他去打虎除害，请他当寨主。他主管的寨子越来越多，就将小寨并为大寨，十个大寨为一个部落，由此建立了夜郎国。

流传于贵州道真一带的《竹王夜郎》与上述故事不同，没有介绍竹王的来历，而将夜郎作为高山人（仡佬族）的领袖，讲述他率领高山人与平地人斗争的故事。在夜郎的带领下，高山人一次又一次地将平地人打得落花流水，平地人再也不敢上山来掠夺高山人的财物了。

夜郎在楠竹园里，精心培植竹子，使所有的竹子都硬直心空，四季常绿。可是，有一年天降竹瘟。将死的竹子，用它毕生的精华，开放出洁白的鲜花。一时间竹林里一片雪白，银光闪闪。

人们见竹子开花，十分高兴。夜郎知道，竹子开花就要死掉。他叫大家不必悲伤，快把竹子砍来，编篼织席，也好让它为人出最后一份力。

从此以后，竹子每隔百年开一次花，开了花就死去。人们在没有竹颠的搪颠竹（指长不出竹尖的竹子）里，经常可以看到夜郎。

仡家人为了感谢夜郎对竹子的苦心照料，就尊他为竹王。[①]

在这里，夜郎作为领袖，因钟爱竹子，人们尊称他为竹王。故事以竹子开花的绚烂唯美衬托竹王的大爱无疆，表现出仡佬族人对民族领袖的爱戴和景仰。仡佬族民间有许多关于竹王的传说，许多仡佬族地区仍然有供奉竹子的习俗，立有竹王之祠（庙）。

贵州省黔西市等地的仡佬族，在每年初春举行骑马射箭的“赛竹三郎”的活动。传说夜郎国王笃筒用赛马的方式在七个儿子中确定接位之人，三儿子竹三郎获胜当了国王。竹三郎治理国家有方，得到人民的爱戴。在一次战争中，竹三郎战死疆场。

---

① 田金海、潘定智、罗懿群等：《中华民族故事大系·仡佬族 锡伯族 阿昌族》，上海文艺出版社，1995 年，第 28 页。

竹三郎死后，仡佬族人十分怀念他，每年立春那天，村村寨寨都要举行赛马比赛，选出能手参加部落大赛，大赛选出的能手参加国赛。国赛选出的头一名，就叫“竹三郎”……

从此，世代相传，“赛竹三郎”成为仡佬族人民初春的一种游戏，观看者很多。[①]

清代《黔西州志》有诗作记载了“赛竹三郎”活动的盛况：“几重岭树夹蛮庄，妇女逢春不肯藏。闻到村前花鼓闹，背儿看赛竹三郎。”诗后附注：“竹三郎，即竹王所生三子，死，配食其父，蛮人祀之多。”可见竹王传说在当地的影响。

宝王传说

在务川一带，流传着许多宝王的故事。如《宝王菩萨》：

传说，“宝王”是仡佬族的始祖，自幼丧失父母，孤苦伶仃来到三坑板场一带金鸡山下的大青洞、岩蜂脚、木悠山开荒辟草谋生。一天，他一锄挖去，从地里滚出一个“元宝”，他不知是何物，后来经外商指点，才知道这是“朱砂元宝”。他将“朱砂元宝”向周武王进贡，周武王得宝后，封他为“宝王”。于是，他成了仡佬族村寨采丹炼汞的头领。他死后，仡佬族后裔便在金鸡山建立“宝王庙”祭祀。凡采丹炼汞的人家，香火上都供着“宝王菩萨”的牌位，祈求荫佑开发“槽子”（富矿）。[②]

《宝王菩萨》基本上讲清楚了宝王故事的来龙去脉，并将宝王作为仡佬族的始祖。务川一带流传的另一传说《宝王》详细叙述了宝王在丹砂开采技术上的贡献。宝王以卓越的智慧想出“火爆”的

---

① 潘定智、罗懿群、唐文新：《仡佬族文学资料汇编・传说集 1》，内部刊印，1986 年，第 25 页。

② 王明析：《丹砂古县的文化记忆》，内部刊印，2007 年，第 226 页。

采砂方法：用猛火烧岩壁，接着用冷水淬激，使岩层碎裂，从而掏出丹砂，大大提高了采砂的工效。后来，又摸索出用丹砂提炼水银的办法。人们没有忘记宝王开采丹砂的功劳，对其进行祭祀：

宝王死后，人们就在盛产丹砂的金鸡山建立了宝王庙，用来供奉宝王的神像；不少人家还专门在堂屋神龛上，安设宝王菩萨的神位。除常年供奉之外，逢年过节，还要隆重祭祀。人们在采砂过程中，要想不遭受灾难，要想打发槽子，都把命运全寄托在“宝王老祖”的保佑上。[①]

《宝王赐酒》的故事拓展了宝王传说的内涵，加入了酿酒的情节，进一步表现出宝王造福仡佬民族的伟大功绩。

宝王去世之后，人们修建宝王庙进行祭祀。一个叫长发的仡佬族小伙子祭祀宝王后，宝王给他投梦，说他的酒太难喝了。长发正纳闷间，一个白发老翁挑着两壶酒路过他家，他将酒赊来敬奉宝王。宝王又给他投梦，说酒好喝，并要他拿去给大家喝。大家喝了宝王的酒后精神焕发，干劲十足，挖到不少朱砂。长发受众人之托，前往金鸡山找老翁请教酿酒之法。老翁见长发心诚，教给他酿造僚人酒的方法。

老翁把长发带去的苞谷煮熟，晾在地上，并撒上曲药，然后放在木甑子里蒸，甑子下方有一个小孔，小孔安上小竹筒。烧上柴火就开始蒸酒。不一会，酒就从竹筒里流出来了。老翁又教长发如何制曲药，多少苞谷放多少曲药，等等。交代完，老翁说他要回去了。等长发转过身来，老翁和他的茅屋一股烟地上了天。长发这才醒悟过来，老翁就是宝王啊！

长发根据老翁的要求，将酿酒技术传到周围的仡佬村寨。后来，

① 田金海、潘定智、罗懿群等:《中华民族故事大系·仡佬族　锡伯族　阿昌族》，上海文艺出版社，1995 年，第 66 页。

仡佬族的各种祭祀活动、敬奉祖先、婚丧嫁娶、市场交易都用这个僚人酒了。[1]

仡佬族人们认为，宝王不仅是仡佬族开采丹砂的始祖，同时也是传授仡佬族酿酒等生产劳动技术的祖先，宝王成为仡佬族勤劳勇敢的象征，是为仡佬族人创造财富、谋取福祉的“菩萨”。

神树崇拜

仡佬族认为山林川谷千姿百态，变幻莫测，特别是古树，吸收了大山精华，具有神奇魅力。由于古树的珍奇神异，仡佬族人将之尊为神树而祭拜。树种有楠木树、青杠树、香樟树等。神树分为几种类别：有作为祖先供奉的神树；村寨或墓地附近的称为“风水树”；作为山神象征的称为“献山树”；有的将子孙拜寄给古树，保佑他们健康成长，这类树被称为“树保爷”。

贵州六枝一带的仡佬族认为楠木古树是神树，《仡佬族供神树的来历》讲到：

一走进仡佬寨，就会看见寨子里有一棵奇特的楠木树，人们叫它神树。近看像一朵云，远看像一把伞，要是哪个在神树下说不好听的话就会被全寨人罚他去供神树。所以对于仡佬寨中的神树，大人细娃（小孩）都得爱护。特别是正月十五，家家户户都要做最好的饭菜去供，请神树保佑一家人团圆和睦。[2]

神树后面有一个美丽的故事。仡佬族贫苦青年山树救了落水的富家姑娘彩霞，两人相爱，不顾彩霞家人的反对而私奔。彩霞的大哥叫人追赶他们，眼看就要被追上了，山树突然看见路边一棵几人

① 邹进扬：《仡佬故事》，中国文史出版社，2016 年，第 22~23 页。

② 田金海、潘定智、罗懿群等：《中华民族故事大系·仡佬族　锡伯族　阿昌族》，上海文艺出版社，1995 年，第 119 页。

合抱粗的楠木树上有一个大洞，便和彩霞藏了进去，躲过追赶的人。山树和彩霞走出树洞，见这里河水清亮，山坡青枝绿叶，坝子平平坦坦，便在这里住了下来，繁衍了一支仡佬族人。这一支仡佬族人为了纪念楠木树保佑祖先的功德，将那棵楠木树称为神树，并对其进行供奉，这个习俗一直流传至今。

广西隆林一带仡佬族的拜树节是祭拜青杠树：

传说贵州安顺一带的仡佬族"大房"带领族人向广西迁徙，在隆林找到了理想的居住地，但祖先的灵位没有地方安放。"大房"看到两棵青杠树，青葱挺拔，树干粗大，枝叶茂密，认为是安放祖先灵位的好地方，情不自禁地歌唱起来："青杠树啊青杠树，根深叶茂好阴凉。遮得太阳遮得雨，仡佬灵位有地方！"山歌唱完，心里亮堂，"大房"立即找来刀斧，在这两棵青杠树上各开了一个洞，分别把祖公、祖婆的灵位安置在树洞。从此，代代相传，隆林地区的仡佬族人民，就拜青杠树为自己的祖宗树。[①]

贵州镇宁一带仡佬族祭拜的神树是香樟树，来历是：

在仡佬山寨的一场大火中，一位"月子婆"将刚出生三天的婴儿放在一棵香樟树上，山寨及其他树木全部烧毁，婴儿和香樟树却安然无恙。

大家觉得很奇怪，这一大片两三人合抱的大树都被火烧成炭，咋这棵小香樟树没有被烧，反而还绿生生地立在寨岩脚下，没受到一星半点的火燎。据说是那妇人的惨叫声惊动了天神菩萨。观音老母立即派了水神菩萨暗中保护这婴儿。

一位白发老太太带着刚满三天的女婴来到镇宁，养大了女婴与幸存的男婴。兄妹俩成婚后，白发老太太就不见了。白发老太太不

① 潘定智、罗懿群、唐文新：《仡佬族文学资料汇编·传说集1》，内部刊印，1986年，第108~110页。

见的那一天正好是三月三。每年的这一天，镇宁比弓、巴草寨的仡佬族就要聚拢来，杀猪宰鸡，烧香烧纸，祭祀香樟神树。①

以上关于神树的传说，都与祖先、迁徙有关。仡佬族先人在迁徙之时，一般都要寻找风水好的地方，而珍奇古树也是风水构成的重要因素之一。古树参天，族人认为一定能兴旺发达。因此，遇古树而居，据古树生发故事，因古树形成祭树风俗，代代相传，演变为今天我们听到的神树的传说故事。

牛王传说

在农耕时代，牛是农耕的主要工具。牛不但在生产上出力，而且通人性，与农民感情至深，相依为命。仡佬族认为牛具有神性。

云南省文山壮族苗族自治州仡佬族流传这样一个牛王传说：

阿王带领族人去寻找仡佬人可以生存的地方。他们走过千山万水，经历千难万险，始终没有找到可以落脚的地方，而相依为命的牛也突然不见了。正在绝望之时，牛从天而降，并带来白花花的大米给大家享用。第二天，牛又不见了，阿王带着大家顺着牛蹄印来到一个无人居住的坝子。

阿王与众人一看那坝子，四周都是古松古柏，千条万条溪水哗哗流淌；满坝香花异草，满天莺飞燕啼，比天神住的地方还美，比龙王住的地方还好。那头牛呢，正站在山脚一个大瀑布旁边吃草。阿王带着大家在这里安了家。这个地方是个聚宝盆，大家勤奋劳动，很快就丰衣足食了。为了报答牛的恩情，阿王将每年农历十月初一牛的生日这天定为敬牛节，这天，阿王召集众人，杀鸡杀鸭，煮甜酒，

① 潘定智、罗懿群、唐文新：《仡佬族文学资料汇编·传说集1》，内部刊印，1986年，第114~116页。

打糍粑，敬奉牛王，形成传统。[1]

贵州仁怀一带的牛王节也在农历十月初一，传说也与民族的迁徙有关：

仡佬族居住的寨子遭到官兵围攻七天七夜，就在即将寨毁人亡之时，一头老牛带着首领和全寨男女老少，来到一个可以通向山后的山洞安全逃离。于是，当地仡佬人将农历十月初一作为牛王节，又称之为敬牛菩萨或祭牛王。

凡养牛的人家，到了这天都要停止使役牛，让耕牛在家休息，要用最好的牧草和饲料喂牛。还要用上好糯米打两个糍粑，分别挂在牛的两只角上。还要把牛牵到水边，让它从水中照见自己的影子，使它兴高采烈。然后取下糍粑，给牛吃掉，说这是给牛祝寿。[2]

《仡佬族牛王节》记载了安顺一带关于牛王的传说：

天神看到仡佬族人耕种效率不高，就派天牛下来帮助人类。牛的个子大，但不能拿锄头耕种田地，天神又提示仡佬族人制作犁铧让牛进行耕作；牛的脾气大，不高兴时人们驾驭不了，天神又要仡佬族人用绳子穿住牛的鼻孔。此后，牛对人百依百顺，和睦相处。老虎自称百兽之王，挑拨牛与人类的关系。牛认为人类才是王，就与老虎比赛定输赢。在第三轮比武时，牛身上裹满泥巴，老虎无从下手；牛却用尖角刺穿老虎的肚子赢得胜利。百兽齐声欢呼："牛是大王！"[3]

---

① 田金海、潘定智、罗懿群等：《中华民族故事大系·仡佬族　锡伯族　阿昌族》，上海文艺出版社，1995 年，第 131 页。

② 中国民间文艺研究会贵州分会、贵州民族学院：《民间文学资料》第 49 集，内部刊印，1982 年，第 171~172 页。

③ 贵州省安顺地区民族事务委员会：《仡佬族古歌》，贵州人民出版社，1991 年，第 389~364 页。

牛在仡佬族人的心中有着崇高的地位，是仡佬族人忠实的伙伴。仡佬族人不仅将牛视为具有神性的动物，还将它视作家庭成员，由衷地感激它、崇敬它。

英雄传奇

由于居住环境的恶劣和生产劳动的艰难，以及在多次战争中饱受挫折，数度迁徙，仡佬族有强烈的英雄崇拜意识，流传着许多民族英雄的事迹。神话故事中有许多具有英雄气质的人物，如竹王、蛮王、宝王、山神、赶山兄弟等。除了这些神话中的英雄之外，仡佬族还有许多英雄传说，如关于孟获、田先玉、曾三浪、山满等人的传说。

传说孟获是三国蜀汉时期建宁（今云南曲靖）人。刘备死后曾起兵反蜀，是真实的历史人物，也是仡佬族崇拜的英雄，在仡佬族的传说中，出现许多“孟获是我们仡家人”的说法。如安顺市平坝区一带流传的《孟获就是我们仡佬族》：

古时候，孟获就是我们仡家人。诸葛亮南征时，七捉七放孟获，又拿他到朝中做官，所以称阁老，我们这一族，也就叫作仡佬族。

……

另外，过去老一辈传下一段话：“安顺城有二十八座庙，一处无人到；还有一座黑神庙，供的是仡佬。开不得，一开，满城的人就要讲仡佬话。”里面受供的就是孟获。①

流传在贵州安顺一带的《孟获遗迹的传说》认为：“孟获是我们仡家人，他管辖的地方很宽，我们安顺一带，现今还有他们很多遗迹。”传说记载了孟获用“悬羊擂鼓”“饿马摇铃”之策取胜的故事：

① 王光荣：《仡佬民间文学探索》，广西人民出版社，1994年，第102页。

敌人的队伍来到八卦山旁，又听得马在摇铃鼓在响，更相信已经把孟获的人马包围住了。等敌人一窝蜂地往洞里冲，冲到洞里，发现只有一些马来回走动，摇得铃铛直响；一些羊子吊在那里跳，踩得鼓响，但一个人影也不见，才知是中了计。[①]

在安顺市，有孟获屯粮之地“粮仓洞”、埋锅煮饭的连锅灶“七眼灶”、养马的“养马寨”、驻兵打仗的“八卦山”等遗迹。传说并不等于历史，孟获的故事还有待考证。但在仡佬族人民的心目中，孟获是敢于抗争的英雄。

申祐是明代以忠孝节义闻名于世的英雄人物。申祐，贵州务川（今务川仡佬族苗族自治县）人，进士及第后授四川道监察御史，留下“脱父厄于虎口”“释师困于逆鳞”“尽节殉难于从龙”的“三烈”事迹，让世人景仰。如“脱父厄于虎口”：

据说，申祐年少时，常随父亲去田间。有一次，一只猛虎扑来叼起他父亲就跑。焦急之下，他抓起一根木棒追上老虎猛击，老虎负痛逃逸，他父亲因而得救。少年申祐英勇驱虎救父的事迹，传遍山乡，至今仍有口皆碑。[②]

明正统十四年（1449 年），明英宗朱祁镇被太监王振诱挟，御驾亲征滋事的瓦剌集团。师至土木堡，被也先率军围困。在军情十分危急之际，申祐扮作皇上代乘御舆，转移敌军视线。皇帝得救，申祐“尽节殉难于从龙”。传说他死后，托梦给住在火炭垭的妻子李氏，让她去狮子口见他，妻子到狮子口见到一条红蛇，便带到家中奉养。月余后，申祐为国捐躯的公文传到火炭垭，万分悲痛的李

① 潘定智、罗懿群、唐文新：《仡佬族文学资料汇编·传说集 1》，内部刊印，1986 年，第 72~74 页。

② 熊大宽：《仡佬族文化百科全书》，贵州民族出版社，2002 年，第 105~106 页。

氏及其族人将申祐的衣冠与红蛇葬于狮子口。[①] 申祐在历史上实有其人，所为之忠孝节义三件事皆有史书记载。

清朝时期，普觉、邓堡一带（今属贵州松桃苗族自治县一带）有一位叫田先玉的洞长，他智勇双全，能“力举千斤”。

当地和尚玉真仗着为皇帝治好了病，带着御林军横行乡里、欺压百姓。田先玉率领九溪十八洞的各族人民惩治玉真和尚，打败御林军，并厉兵秣马，战鼓声通过山洞传到朝廷。皇帝派兵前往讨伐，战争打到第四年，在金子山一役，田先玉与清军统帅六太子同归于尽，死后变成一个会说话的坛子。士兵将坛子抬上金銮殿，化作坛子的田先玉公然戏弄皇帝，气急败坏的皇帝大叫：“田先玉竟敢捉弄寡人，莫非你成仙了？”

语音刚落，从一块块碎片中跳出人来，眨眼工夫，合成一个田先玉，向皇帝拱手作揖嘲弄说：“谢主隆恩，奉旨敕封，我田先玉成仙了！”

说罢转向下殿。皇帝气得脸红筋涨，气急败坏地高喊：“擒拿反王！”一把抓住他的衣带，武将和侍卫也一拥而上，围捉田先玉。田先玉腾空而起，一朵祥云飘到他脚下，驾云冉冉而去。[②]

田先玉生前不畏强暴、为民请命，死后戏弄皇权，最后羽化登仙，表现出民族的英雄气概与仡佬族民众的美好心愿。

晟哳浦汉名叫曾三浪。咸丰四年冬，为了反抗腐败的朝廷，晟哳浦揭竿而起，率领汉、苗、仡佬、布依各族人民起义。传说他手下战将黄晓义脚一蹬，地上起一个坑，城墙倒一垛；战将周老杠双手能举起一头大水牛，可以随意将铁马掌拉直掰弯；晟哳浦骑的马

① 国家民族事务委员会全国少数民族古籍整理研究室：《中国少数民族古籍总目提要·仡佬族卷》，中国大百科全书出版社，2015 年，第 161 页。

② 中国民间文艺研究会贵州分会、贵州民族学院：《民间文学资料》第 49 集，内部刊印，1982 年，第 75~80 页。

跑起来像飞一样，眨眼时间就跑出去几十里地。晟咑浦有神奇的力量：

他驻扎的孔其大坡，是一个飞凤形状。晟咑浦有一支犀牛角，他一吹，那个坡就会腾起来。官兵每次进攻，眼看都要冲到眼前了，只听犀牛角一响，大坡就腾起来了，官兵又被摔落在坡脚。[①]

官兵人多势众，义军战败，晟咑浦驾着簸箕云落在拴草坡。官兵围困拴草坡几个月，却不见一个人影。据说，晟咑浦已经在大山里种上庄稼，安居乐业了。晟咑浦领导的起义在当地史志有记载。关于晟咑浦及其将领的传说，表现出百姓对英雄的崇敬和抑恶扬善的美好愿望。

仡佬族的英雄人物还有龙西仲、山满等人。龙西仲是贵州岑巩龙田仡佬族龙姓的先祖，他挥舞两米长的铁棒，骑斑花骏马，武艺高强，英勇无比。六百多年前，他在贵州镇远挂刀坪组织起义军，反抗官府的压迫，留下许多传奇故事。[②]山满是清代咸丰、同治年间平安寨（今遵义播州区平正仡佬族乡）的传奇人物。他武艺高强，身手不凡，有“铁水牛”“貂上树”“猫下树”“长把锤”等绝技。有山满在，强盗再凶恶，也不敢进平安寨；恶霸欺行霸市，他挺身而出，一人打退几十个打手。太平军到了黔西，他带着两千义军参加太平军，冲锋在前，作战勇猛，被封为旗手。[③]

龙西仲、田先玉、晟咑浦、山满，是明清时代仡佬族的传奇人物。传说中，他们天生就有异禀异能、独家绝技，在腐败没落的封建时代，为了生存和群众的利益，他们利用自己号召力揭竿而起，屡立战功。他们的事迹有的在地方史志上有记载，有的只在民众之中流传。在流传的过程，群众夸大了他们的能力和武功，正是从这些夸大的成

① 中国民间文艺研究会贵州分会、贵州民族学院：《民间文学资料》第49集，内部刊印，1982年，第81~92页。

② 岑巩县民委：《岑巩县民族志》，贵州人民出版社，1991年，第174页。

③ 张益芳：《中国民间故事集成·遵义卷》，贵州人民出版社，2002年，第17~24页。

分中，寄托了民众的理想和愿望，看到民众嫉恶如仇的心理，看到民众对腐败社会的憎恨。

姻缘故事

封建时代的婚姻是“父母之命，媒妁之言”，青年男女之间难以谈情说爱，加上地瘠民贫，男女成亲后生活困窘，举步维艰。因此，民众对爱情和幸福生活的向往，就幻化为人神相通的姻缘故事，如人与龙女、蛇女、狐狸精等相结合的姻缘。仡佬族也如此，流传下来许多人神结缘的美满姻缘故事。

在仡佬族先民的心中，人与神基本上没有界限。例如龙王与龙女，龙王和善亲民，体恤民情；龙女温柔贤淑，善解人意。有时，龙王也需要人的帮助。于是，龙女思凡，与人结缘，成为仡佬族民间故事的母题之一。如《龙王与山太子》中，龙王的犀牛吃了孤儿的麦子，孤儿骑着犀牛去找龙王算账，龙王答应赔偿：

龙王闻到有人味，问：“像是有人味，哪个到这里？”龙王娘娘只好照直说了：“我们的牛吃了人家的麦子，我怕你们害他，把他藏起来了。”龙王说：“牛吃了人家麦子，就该赔嘛，还害他做哪样，叫他出来吧！”龙王娘娘把孤儿请下来了。龙王热情招待他，吃的十盘八碗，睡的龙牙床。[①]

世俗化的情节和对话，刻画出可亲可爱而通情达理的龙王与龙王娘娘的形象。更加令人难以置信的是，孤儿的力量竟然强过龙王，他仅凭一把弯刀，就战胜了与龙王对垒已久的山太子，龙王将女儿嫁给了孤儿，两人生儿育女，恩恩爱爱，过着幸福美满的生活。龙女与凡人成婚的故事还有《张打枪》《龙王三小姐》等。龙是中华

① 中国民间文艺研究会贵州分会、贵州民族学院：《民间文学资料》第49集，内部刊印，1982年，第228页。

民族的图腾，人们认为龙具有神性，无所不能。而在仡佬族先民眼里，龙王龙女极具人情味，没有等级观念，龙女与凡人通婚是常事。生活艰难的仡佬族人幻想与神联姻，得到神助，从而改变贫穷的生活状况，因此有了关于龙王龙女的幻想故事。

蛇是十二生肖之一，又称“小龙”，由于其有毒，象征着阴险狠毒，机智狡猾。然而，在仡佬族流传的故事中，有蛇与人成亲并生活美满的故事，如《蛇与七妹》《蛇大哥》《蛇郎》① 等，其故事情节大致相同。在这些故事中，蛇是聪明能干的形象，成亲前是蛇形，成亲后成人形。故事中的蛇通情达理，乐于助人，看重感情，具有人性。在万物有灵观念的影响下，蛇被仡佬族人认为能给人们带来财富和良缘。这也许就是仡佬族人美化蛇的形象，在蛇的身上寄托生活愿景的原因。

《山森和水仙花》是一个曲折动人的爱情故事。山森在打猎时射死了一只白狐狸，已经成精的白狐狸的母亲要为儿子报仇，其妹妹秀英却对山森一见钟情。秀英恳求母亲，得到母亲的同意与山森成婚，从此恩恩爱爱，朝夕相守。灯班道人嫉妒美若天仙的秀英，用法术将秀英化为灰烬。痴情的秀英临死前叮嘱山森去找到水仙花：

秀英闭上眼睛，好一会，慢慢睁开，用极细微的声音，断断续续地对山森说：“以后，你去江边，做个独木船，白天划船到河中间。见一群美女，你就追……要坚持。最后，你会看到水仙花……拿干柴，到水仙花处，烧大火，其他焉了，有一朵，越开越大，越美……不要动她，把她挖开，就见楼房，里面有个姑娘，叫水仙花，就是你妻子……”说完，就断气了。

山森按照秀英说的去做，果然得到被贬入凡尘的仙女水仙花，与她结为良缘，过上幸福的日子。秀英虽为狐狸精但仍然思凡，为

① 中国民间文艺研究会贵州分会、贵州民族学院：《民间文学资料》第 49 集，内部刊印，1982 年，第 219~226 页。

了爱情不惜牺牲自己的生命。在民间，现世生活是真实的，琼楼玉阁、龙宫、天宫不过是浮光掠影。尽管狐精秀英、仙女水仙花能够千变万化，生活条件优越，仍然抵挡不住人间生活的诱惑，而英俊善良的男子，定能得到狐精与仙女的帮助，一夜之间过上幸福的日子，从而表达善恶相报的观念。同样题材的爱情故事还有《打柴郎》《毛狗精》《勇敢的两兄弟》[①]《放牛郎与白鱼公主》[②]等，讲述的都是人神通婚的故事，寄托了仡佬族民众对美好姻缘与美好生活的想象和愿景。

机智人物故事

各民族都有一些体现民间智慧的小人物，他们没有优越的生活，没有权势地位，但却凭借自己的机灵、机巧，随机应变，化解难题，在艰难的生活环境中为自己找到立足之地。故事里主人公姓名、事迹、身世、地域等皆难以考证，是仡佬族人根据某一原型编造而成，这些故事在流传中不断发展、变异、定型。流传于道真一带的《谎三》是这类形象的代表：

黄三是个诚实的孩子，但他看到多少忠厚老实的人受欺凌，受奴役，饮辱含冤被折磨致死，于是他开始说谎，用假话来整治恶人给穷人们出气。久而久之，人们不叫他黄三而喊他“谎三”。

谎三与程老爷的女儿秀英相爱，秀英却因此惨遭折磨，魂归黄泉。他为了报仇，谎称从京城带回来“屙银马”“自涨锅”“还魂棒”，贪财的程老爷一再受骗，狼狈不堪。谎三与“打赌大王”打赌，打赌大王一败涂地。他想暗地算计谎三，却自讨苦吃。罗霸天父子

① 中国民间文艺研究会贵州分会、贵州民族学院：《民间文学资料》第49集，内部刊印，1982年，第252~270页。

② 陈朝贵：《隆林仡佬》，内部刊印，2003年，第185~186页。

四人抢亲，活活打死了瞎婆婆的八个儿女。谎三为了报这血海深仇，四次设计，让罗霸天四父子命丧黄泉都还不知道是怎么回事。谎三聪明机智，虽然所用之计皆出自谎言，但中计之恶人却深信不疑。谎三惩治横行霸道的地主恶棍易如反掌，表现出民众对恶势力的无比痛恨，期望出现“谎三”之类的人来为民除害，匡扶正义。

“狡灵”（即聪明）也是谎三式的机智人物。狡灵是一个极其聪明的孩子，乡邻听说他聪明，想方设法考他；父亲也想看看他究竟怎样“狡灵”，多方试他，都被他巧妙应对过去。县里的大老爷刁难他，要他三天内交出山一样大的猪，海那样多的酒，路那样长的布。三天过后，狡灵带着一杆秤、一个瓶、一把尺来到县衙门：

狡灵说：“大老爷，我爹已经办好你要的东西，请你用秤称山有多少斤，用瓶量海有多少瓶，用尺印路有多少尺，我们按数送肉送酒送布来。”大爷无言以对，便蔫起黄瓜皮走了。[①]

巡游的皇帝知道了狡灵的聪明，也想找他的茬惩罚他。狡灵却巧舌如簧，应付自如，皇帝竟然无言以对。

《山精灵》中的山精灵本名山成明，是贫困的庄稼人。因勤劳聪慧、机敏过人，用智慧惩治恶人，人们叫他山精灵。

财主朱彩龙买了一把青布伞，故意在阴天打着伞到田边指指点点，炫耀他的青布伞，并督促帮工栽秧。山精灵看不下去，趁他不注意，拿起石头砸破青布伞。朱彩龙气急败坏，大声叫骂：“哪个舅子打伞？哪个龟孙打伞？哪个王八打伞……”

等他声音都骂沙哑了，山成明才从田中慢吞吞地伸起腰杆来，不紧不慢地说：“朱大爷，你看我们满田栽秧的人，尽都是打的光脑壳，莫说打伞，连草帽、斗篷都没有戴一个。只有你老人家才在

① 张益芳：《中国民间故事集成·遵义卷》，贵州人民出版社，2002 年，第 108~110 页。

打伞嘛。”[①]

山精灵一语双关，朱彩龙哑巴吃黄连，只好收拾起破伞，灰溜溜地走开了。故事还写了山精灵惩治贪财的盐老板、报复趾高气扬的朱彩龙、借敌机炸弹开山炸石等故事。

山兴文也是仡佬族的机智人物，专门与财主、县官作对。他略施计谋，让何财主连连吃亏，挨了打还不能还手。对县官，山兴文也连讥带讽，让他们自惭形秽：

两个县官想戏弄山兴文，要以大、小、多、少为题说一段话。一个县官说伞：“我这伞撑开就大，收拢来就小，雨天用得多，晴天用得少。”一个县官说扇子：“我这扇子打开就大，收拢来就小，热天用得多，冷天用得少。”山兴文毫不示弱，接着说：“两位老爷呀，你们在我的面前就大，在上司面前就小，你们吃喝的时候多，办事的时候少呀！”说得两个县官面红耳赤，万万没有想到山兴文会给他们来这一手哇！[②]

《何法犁石板》[③]讲述何法智对吝啬地主的故事。地主为了不给工钱，叫何法去把石板犁起来。何法将计就计，犁坏了许多铧口，累死了几头耕牛。地主赔了夫人又折兵，不得不将工钱付给何法。《巧治贪官》《盐的故事》《三个媳妇拜年》[④]等故事，也表现了仡佬族群众的机巧与智慧。

以“谎三”为代表的机智人物形象，表现了仡佬族人面对艰难生活的坦然、幽默和智慧，表达了对欺压百姓的地主、官府的仇恨

① 中国民间文艺研究会贵州分会、贵州民族学院：《民间文学资料》第49集，内部刊印，1982年，第387页。

② 田金海、潘定智、罗懿群等：《中华民族故事大系·仡佬族 锡伯族 阿昌族》，上海文艺出版社，1995年，第287页。

③ 张益芳：《中国民间故事集成·遵义卷》，贵州人民出版社，2002年，第123~124页。

④ 杨沛伦：《石阡仡佬族》，内部刊印，2005年，第132~133页。

心理，寄托了他们对美好生活的向往。

动植物故事

动植物故事，或者以物喻人，借动物、植物模拟人类社会，讽喻人类的思想行为；或者讲述某种动物、植物的来历，以及其特征、特性形成的过程。因此，动物、植物的故事离不开人类，讲述的主要是人类与动物、植物的故事。

《傻牛泄机》讲述牛为什么耕地、鱼为什么没有舌头的故事：

相传仡佬族祖公先找了猪、狗和羊来耕地，但都不行。牛见到后给鱼说它有力气耕地，只要把鼻子拴住它就不会乱跑乱跳。鱼将这一秘密告诉了祖公，祖公就拴住牛鼻子用牛耕地，牛的力气大，很快就犁了一大片地。

一连犁了三天，牛累了，心想一定是鱼告诉人的，这家伙太多嘴多舌。趁下水塘喝水时，就把鱼的舌头割了。从此，鱼儿再也说不出话了。不过，牛已经被人拴上了鼻绳，只有乖乖地听众人驾着犁耕地了。①

《耗子嫁姑娘》以动物喻人，有寓言的特质：

耗子的姑娘长大了，它想给姑娘找一个好的人家。它去找太阳，太阳说，我不如云，云一来就把我遮住了。它又去找云，云说，我不如风，风一吹我就散了。它又去找风，风说，我最怕墙。它又去找墙，墙说，我最怕的是你们耗子，只要你们在我下面打一个洞，我就垮了。耗子找来找去，认为哪个都没有自家本事大，于是干脆

① 张益芳：《中国民间故事集成·遵义卷》，贵州人民出版社，2002年，第460~462页。

把姑娘嫁给耗子，一代一代传下去。[1]

同样具有寓言性质的《醒悟的白菜》，也是以物喻人：

仡佬寨边有个白菜园，白菜园旁边长了一大蓬藿麻。

白菜长大了，就被人砍去吃。藿麻呢，长得茂盛，也没有人去动它一下。

于是，白菜悲哀了。一天，它问砍菜人："你们为什么总是拿我们白菜开刀？"

砍菜人说："把你们煮起，很软和，很好吃。"

白菜醒悟了，说："世上人总是欺善怕恶，欺软怕硬的。"[2]

藿麻有毒，挨着皮肤会痒，人们不敢吃它，白菜由此得出人欺软怕硬的道理。故事没有停留于此，而是进一步反思："要是世上到处是藿麻，会是什么样子呢？"从而加深了故事的寓意。

《猴子学人》的故事也寓有深意：

一群猴子学庄稼汉掰苞谷，乱掰乱丢，弄得遍地都是。庄稼汉非常生气，拿起木棍追打猴子，猴子灵巧东窜西跑打不着。庄稼汉想出了个惩治猴子的办法：拿起一把刀，用刀背在脖子上反复地抹。

抹了一阵，庄稼汉便放下刀子，走进地里继续掰苞谷。猴子们便急不可待地一拥而上，一个二个拿起菜刀，慌忙火急地往脖子上抹。不一会，猴子们全都痛得吱吱直叫，带着满颈的鲜血，撂下菜刀四处乱溜。猴子从此再也不敢学人了。[3]

《聪明的小白兔》表现小白兔战胜强权的智慧：

① 邹进扬：《仡佬故事》，中国文史出版社，2016年，第54页。

② 吴秋林：《居都仡佬族文化研究》，贵州民族出版社，2009年，第301页。

③ 田金海、潘定智、罗懿群等:《中华民族故事大系·仡佬族 锡伯族 阿昌族》，上海文艺出版社，1995年，第384页。

老虎凶狠残忍，许多小白兔死于无辜。一只聪明的小白兔为了保护自己，将老虎引到井旁，说另一个老虎大王在向它挑战。老虎对着自己的影子咆哮，纵身跳进水井与“老虎大王”决斗。

井水又冷又深，井壁又松又滑，虎大王在水里东扳西拱，拼命挣扎，这时才知道上了小白兔的当，可是后悔已经来不及了。挣扎没有多久，便四脚长伸，淹死在井里了。①

多行不义必自毙，老虎刚愎自用，恃强凌弱，落得溺水身亡的下场。故事中，动物之间的关系接近人类社会中人与人之间的关系，动物故事里的动物社会其实是对人类社会的模拟和折射。

有的故事讲述解释动植物习性与特征的来历。如《麦子荞子》中，麦子与荞子互相嘲笑，麦子给荞子三巴掌，将荞子打成三个棱；荞子还麦子一棒，将麦子打出一个槽。再如《跳蚤、虾子和青蛙的自白》，三种动物根据自己的长相与习性自我表白，饶有风趣：

跳蚤老大说：“我有皮无毛叫跳蚤，我一跳跳进红绫袄，我虽然跟斗打不远，我让人浑身到处咬（痒）。”

虾子老二说：“我有皮无毛叫虾公，我一步跳到海当中，我虽然不及薛仁贵，我也要挂帅去征东。”

青蛙老三说：“我有皮无毛叫蛤蟆，我一步跳到田坎下，我虽然不会读诗文，我一张嘴巴叫呱呱。”②

以上故事，讲述一些动植物形象、特征、习性形成和演变的过程，生动形象有趣，显示出仡佬族先民丰富的想象力。

① 中国民间文艺研究会贵州分会、贵州民族学院：《民间文学资料》第 49 集，内部刊印，1982 年，第 410~413 页。

② 中国民间文艺研究会贵州分会、贵州民族学院：《民间文学资料》第 49 集，内部刊印，1982 年，第 418~420 页。

民间歌谣

仡佬族先民有“聚而踏歌”“击鼓歌唱”的习俗，由“踏歌”形成的仡佬族民间歌谣，源于仡佬族民众的劳动与生活，是仡佬族社会生活的艺术再现，表现出仡佬族的生命活力和民族精神。仡佬族用歌谣来追述历史、歌唱劳动、品味生活、抒发感情，民间歌谣成为仡佬族社会生活的历史记录和生活写照。

打闹歌①

仡佬族劳动歌在生产劳动中产生，源远流长，形式多样。劳动过程中，不管是山上林中，还是田边地头，见什么唱什么，即兴而唱。所思所想、所观所及、神话传说、历史传说、生活习俗、男女调笑，皆可入歌演唱，形式不拘，内容广泛。打闹歌是仡佬族最具特色的劳动歌谣之一，在集体劳动时由歌师（又称“闹师”）敲击锣鼓演唱。

打闹歌在薅打闹草时演唱，适用于薅二道苞谷、二道秧。歌师

① 打闹歌参考文献：

谢爱临：《仡佬族百年实录》，中国文史出版社，2008年。

史廷昌：《仡佬故土风》，内部刊印，2009年。

国家民族事务委员会全国少数民族古籍整理研究室：《中国少数民族古籍总目提要·仡佬族卷》，中国大百科全书出版社，2015年。

罗懿群、王成杰、王勤等：《仡佬族文学资料汇编·劳动歌集》，内部刊印，1986年。

有两个，一个敲锣，一个打鼓，打鼓者为主唱。若劳动人数多，歌师可增至 2 至 3 人或 4 至 6 人一组，交替对唱或合唱。薅打闹草的劳动形式很特别，通过换工或雇佣，集数十人或上百人的队伍，旗帜飘飘，锣鼓喧天，场面颇为壮观。薅打闹草、唱打闹歌有提高劳动效率、愉悦劳动者的功用。

打闹草由几十人或上百人协同劳作，全靠歌师用打闹歌指挥协调。打闹歌有以下几个程序：开场白，排歌场（民间称“排阈口”），祈祷神灵，演唱，收场歌。本文主要根据贵州道真三桥仡佬族歌手杨伯勋演唱的《打闹歌》进行分析。

开场白是劳作前的一个预演，根据劳动者集合的情况，可长可短。内容涉及“前朝古迹”（事迹、历史）、鼓手情况、主家情况，更多的是用乡间俚语插科打诨，讲述一些稀奇古怪、逗人开怀的趣闻趣事。通过开场白，让参加薅草的人员进入一种轻松的氛围。

排歌场引导薅草人员进入自己的工作面。开头用比兴手法说明万事开头难的道理，然后进入各自的场地，排好歌场，站好各自岗位，就要开始下一程序。

向神灵祈祷没有固定的仪式，根据主家要求和场面情况而确定。所唱带仪式性质的歌主要有：《安五方》《进五方》《东西南北中》《开五门》《播旗放兵》等。安定了五方，主家及劳作人员就没有了后顾之忧，一天的劳动就会顺顺利利。

经过以上程序，打闹草正式开始，打闹歌也开始演唱。演唱的歌很多，有“盘歌”“比歌才”“酒歌”“饭歌”“戒赌歌”“情歌”“杂牌歌”等，内容繁复，形式多样。

例如《杂牌歌》三首，第一首唱“古典”，唱唐僧师徒西天取经，薛仁贵征东保唐，黄巢农民起义，桃园三结义……用通俗易懂的语言刻画历史人物，表达民间立场，让劳动者在辛苦的劳作中了解了历史常识。第二首唱目之所及，有歌者的自嘲，有对劳动的监督，有对主人家“待客不周”的善意嘲讽，调侃并“威胁”主家快点开饭。

第三首是真正的“杂牌”，先唱“花名歌”：

你望我，我望他，取名就叫眼睛花。你想我，我想你，取名就叫相思花。她掐我，我掐她，取名就叫指甲花。老子叫儿去赶场，取名就叫栀（支）子花……

接着唱“扯谎歌”：

清早起来头不逗，沟沟踏在脚里头，当门喊叫人咬狗，搬起狗来打石头……

最后是“情歌”：

天上落雨雨络络，情妹挑水打湿脚。情哥与我担挑水，黑了与你脚靠脚。

《杂牌歌》将多种民歌形式糅在一起，歌到正好处悄然一转，另一种民歌紧接上来，连接自然，不露痕迹，幽默风趣，如夏日里的一缕清风，拂过稻田苞谷地，吹进劳作者的心底。

《十八女儿春》以戏谑的口吻讲述情哥翻墙见情妹被追赶的情形，具有夸张的情节和动作。女儿长大，父母“高打垣墙紧关门”。情哥翻墙去见情妹，开门声惊醒父母，抓起来吊在房梁上。情妹剪断绳索，情哥慌忙逃跑。逃跑中被黄狗咬，被茶罐烫，被长工打，被母猪咬……歌师着重唱情哥逃跑的窘态：

跻过一堵墙，闯到母猪王，起瘟灾母猪，别处你不咬，端端咬在腿子上。

跻过二堵墙，随后一火枪，正正打在肋巴上。

走齐天井坝，咚地一扑爬，跩掉两瓣关门牙。

一步跳过沟，喊叫揪毛蔸，这回老命都该丢……

歌师将情哥逃跑挨打的悲剧作为喜剧来演唱，为繁重的劳动添了一点戏谑的色彩。“十八女儿春”是百姓喜闻乐见的题材，有多种唱法。与此题材相近的《逃婚歌》则歌颂有情人反对封建包办婚姻的胜利。

打闹歌种类繁多，内容丰富。如《唱锣鼓根生》，唱锣和鼓的取材和制作过程；《唱寿星》从寿星十三岁唱到九十三，一直唱到百岁，唱每个十年的人生变化；《唱药王》唱孙思邈高明的医术、救死扶伤的精神和百姓对他的赞颂；《唱鲁班》讲述家具、房子的制作过程；《唱戒赌》唱赌钱的危害；《扯谎歌》讲述一些与生活常识相违背的事情，愉悦群众。还有《不要慌，不要忙》《说要来，就要来》《召唤歌》等山歌。

从形式上看，打闹歌有四言、五言、七言、长短句等句式，节奏自由明快，活泼生动；语言通俗易懂，多用方言俚语，也有少量半文半白；唱法根据进度、天气、情绪等情况变化，有道白、慢板、快板、散板、平腔、高腔等，曲调流畅，朗朗上口。打闹歌有一人独唱、二人对唱、一人领众人和等多种形式，说古道今，“见子打子”，诙谐幽默，旋律舒展，高亢粗犷。

盘　歌①

盘歌，即对歌，是以问答形式进行的对唱。有的民族叫“猜调”，

---

① 盘歌参考文献：

刘兴华：《务川盘歌》，中国文史出版社，2006 年。本部分所引盘歌主要出自本书。

国家民族事务委员会全国少数民族古籍整理研究室：《中国少数民族古籍总目提要·仡佬族卷》，中国大百科全书出版社，2015 年。

罗懿群、王成杰、王勤等：《仡佬族文学资料汇编·劳动歌集》，内部刊印，1986 年。

政协安顺市教文卫体委员会：《安顺文史资料第六辑·安顺仡佬百年实录》，内部刊印，2006 年。

先说谜面或先说谜底，形式灵活多样。室内演唱的比较文雅，室外演唱的自由奔放，可以用粗言俗语，可以打情骂俏。盘歌内容主要分为盘事理、盘动植物、盘情、盘饮食四大类，各大类又可以分为若干类别。

例如盘事理，可以分为盘历史、盘农事、盘农具等。仡佬族由于没有本民族的文字，关于历史传说、农事农具等知识，主要通过口传下来，盘歌就是口传的一种形式。如：

问：张先生来李先生，有段古事问根生。当初立天是哪个，当初立地是何人？开天辟地是哪个，哪个古人生万民？

答：张先生来李先生，我把古事来分清。当初立天是保海，当初立地是保因。开天辟地是古老，阿福阿兮生万民。

问：张先生来李先生，又拿古事问根生。当初造字是哪个，哪个先生写书文？

答：当初造字是仓颉，当初认字孔圣人，田遵造墨成一锭，孔子孟子写书文。

短短几行字，包括了开天辟地、人类起源、造字造墨、撰书撰文等重大事迹。开天辟地与人类起源采用了仡佬族神话的说法；而造字造墨、撰书撰文却认同孔子、孟子等中华民族先贤。盘歌的每一句都包含着一个故事，人们从中了解了本民族的历史文化，受到了汉文化知识潜移默化的影响。

盘农具的盘歌涉及许多方言俗语：

问：歌师傅来老先生，唱首盘歌你来分，什么跟牛横起来，什么跟牛向下弯？什么跟牛斜起钻，什么东西往上翻？

答：歌师傅来老先生，这首盘歌我来分，打脚跟牛横起来，犁箢跟牛向下弯，铁板跟牛斜起钻，铧土泥巴往上翻。

“打脚”“犁箢”“铁板”都是农具犁铧的组成部分，“铧土”

是犁田或犁土，这些是作为农民必备的基本知识。盘歌用形象的语言，介绍了犁铧的组成部件及功能，传播了农事农具知识。

盘情的盘歌，一般在山上男女对唱，既是了解对方、增进感情的机会，也是展示双方才华、相互选择的时机。若已经结婚的男女盘情歌，就将此作为一种娱乐的形式了。例如：

问：唱新歌来改新歌，唱首歌子你来辨。什么不离碗架边，什么不离灶门前？什么不离盖盖园，什么不离眼面前？

答：唱一遍来又一遍，这首盘歌我来辨。筷子不离碗架边，火钳不离灶门前。茶罐不离盖盖园，夫妻不离眼面前。

问：歌师傅来老先生，唱首盘歌你来分。什么弯弯在天上，什么弯弯在河边？幺妹头上弯弯是哪样，幺妹手上弯弯是哪样？

答：歌师傅来老先生，这首盘歌你来分。月亮弯弯在天上，船儿弯弯在河边。幺妹头上弯弯是梳子，幺妹手上弯弯是镰刀。

前一首以"筷子不离碗""火钳不离灶""茶罐不离盖"起兴，言明"夫妻不离眼面前"之恩爱之情，有浓郁的生活气息；后一首哥哥以月亮弯弯、船儿弯弯、月亮圆圆、鹅卵石圆圆，引出幺妹弯弯的梳子、弯弯的镰刀、圆圆的镜子、圆圆的草凳，表达男女相爱之情，委婉含蓄，意境优美。

一般在客人来到或亲朋好友相聚喝茶吃饭时盘饮食，以活跃气氛，若一方输了就要罚酒、"罚"喝茶或"罚"吃饭菜，带有一种游戏或酒令的性质。例如：

问：小先生来小先生，唱首盘歌你来分。什么娘死它才生，什么它死娘还在？什么越老越是辣，什么很小嗨死辣？

答：小先生来小先生，这首盘歌我来分。木耳娘死它才生，木耳它死娘还在。老姜越老越是辣，一撮椒很小嗨死辣。

用盘歌方式，阐述木耳的生长规律，诠释"姜还是老的辣"的成语。“嗨死”是方言，是很、最的意思，说明一撮椒虽小却最辣。主客之间，亲友之间，一问一答，抓住蔬菜的特点进行盘问，既增长知识，又增加饭桌上的乐趣。

盘歌的内容与仡佬族生产生活、休闲娱乐息息相关。有流传广泛的盘歌，也有即兴编唱的盘歌，歌词运用了拈连、顶针、比喻、对比、夸张、讽刺等手法，演唱时加上一些衬词、助词、感叹词，通俗易懂、生动纯朴。

劳动歌

除了打闹歌、盘歌之外，仡佬族还有以季节、劳动特征为内容的劳动歌以及劳动号子，如《四季节令歌》《放牧歌》《赶马歌》《插花歌》《背盐歌》《帮工歌》《长年歌》《薅草歌》等。

《四季节令歌》从正月唱到腊月，唱二十四节气，突出每一节气的农时特征。如唱立夏：

立夏时节不下雨，铧口耙子高挂起。娇不出阁无子女，田无水来荒一季。铧口高挂不要管，你要做个硬气汉。硬起心肠打主意，小满犟着种一碗。小满犟着种一斗，秋收之时有来头，娇娇说把手掰痛，情哥背得汗水流。庄稼之人莫害羞，这头不顾顾那头。情妹不爱庄稼佬，歪锅总有瘪灶头。①

立夏不下雨，稻田无水不能插秧，就像女子不出阁，就不能生养子女一样。立夏无雨水，只有小满补栽，秋收才有盼头。唱二十四节气总有一个“娇娇”的身影，赋予《四季节令歌》以情歌的性质。

《栽秧歌》表现栽秧欢快的场面，叙述抓住时令的重要性，里

① 罗懿群、王成杰、王勤等：《仡佬族文学资料汇编·劳动歌集》，内部刊印，1986年，第299页。

面也有情妹的身影：

太阳出来照山岗，满田满坝水汪汪；唱起山歌栽秧快，送酒送茶娇也忙。芒种时节忙忙栽，夏至栽秧谷怀胎；小娇不来我不等，节气过了逮不来。早栽秧来早结谷，早生儿子早享福；秧靠水肥才结果，我有娇妹心才落。①

《栽秧歌》将季候、劳动与情爱糅在一起，既表现季候的重要，也表达对情妹的爱恋，还阐述了栽秧的技巧。“小娇”固然重要，但季候不等人，两权相衡，还是赶季候插秧比较重要；以“早栽秧来早结谷”类比“早生儿子早享福”的民间谚语。农事与家事紧密相连，有了稻谷的丰收，才有家庭的幸福。“娇妹”是劳动的动力，更是家庭幸福的保证。农事活动与婚恋情绪同时展开，使栽秧歌平添很多韵味。

《四季放牛歌》将季候与放牛的注意事项，以及观察天气变化的要领融合在一起，通俗实用：

天上有雨四角亮，天上无雨顶上光。放牛要看天色去，勤带遮头不着慌。月亮戴起乌纱帽，大雨不久要淋头。蓑衣斗笠草背篼，随身带了去放牛。夏季放牛热芒芒，当门整个牛滚凼。草膘料力水精神，牛儿得水如得金。记住佛生四月八，撵走毛虫不归家。仡家有个牛王节，牛是宝贝要爱它。②

《放牛歌》也是气象知识与放牛知识的汇总。陈述民间气象知识，要人们带好蓑衣斗笠草背篼，做好放牛前的准备工作；“草膘料力水精神，牛儿得水如得金”，讲述草、料、水对牛的不同功用。

贵州平坝大狗场一带的仡佬族在每年的“吃新节”要组织一次

① 罗懿群、王成杰、王勤等：《仡佬族文学资料汇编·劳动歌集》，内部刊印，1986 年，第 315 页。

② 罗懿群、王成杰、王勤等：《仡佬族文学资料汇编·劳动歌集》，内部刊印，1986 年，第 320~321 页。

“开荒辟草”的活动，唱《开荒歌》：

“刀西娄”来“岳西娄”，劈山挖土开大田。鸡鸣三遍出门去，月亮出来才回家。冷天热天要出门，大坡小坡我们挖。大路小路我们修，大陇小陇我们种。仡佬住在深山林，坡又陡来路难行。种的粮食交地主，受苦受难仡佬人。盼星星来盼月亮，仡佬何时得解放。[①]

《开荒歌》讲述仡佬族先民开辟疆土之功劳，教育子孙后代牢记先民“开荒辟草”之艰辛，叙述中华人民共和国成立前由于地主剥削压迫仡佬族人生活之艰难，以及民众对翻身求解放的渴望。

《舢板船儿下了水》是一首抒情而优美的船歌，令人回味无穷：

思南下来一条河，有些滩多，对对鲤鱼如穿梭。舢板船儿下了水，撒网是情哥，摇船是姣娥。猫子儿老鸦是一坡，叮咚跳下河。顺水渔船漂得快，叫声小情哥，有些鱼虾多，快拉网，紧拉索，连忙把网拖。那板鱼儿有斤多，叫声小情哥哎，姣娥笑呵呵！你忙烧火快洗锅，打喝汤来喝，打喝汤来喝。[②]

舢板船儿在水面轻快地行驶，两岸风光如画，水面清波荡漾，情哥撒网，姣娥摇船，拖网拉索，烧水洗锅。姣妹的绵绵情意与顺水渔船漂在水面，一路柔情一路歌。歌谣韵律和谐，节奏舒缓，加以许多衬词，细腻地刻画出欢快的劳动场景和人物的心理活动，是一首优美的船歌，也是一首优美的情歌。

仡佬族的劳动号子根据劳动的性质分为不同的类别，有“开石号子”“撬石号子”“拖石号子”“打夯号子”“报路号子”等。劳动号子由一人领呼，众人应合，领合交替，起着指挥协调、鼓舞士气、调节情绪、愉悦精神的作用。例如，开石号子根据劳动节奏

① 政协安顺市教文卫体委员会:《安顺文史资料第六辑·安顺仡佬族百年实录》，内部刊印，2006 年，第 183 页。

② 王明析:《丹砂古县的文化记忆》，内部刊印，2007 年，第 349~350 页。

可分为慢号和快号。慢号“领”与“和”一般四字一顿，“领”时协调指挥作准备，“和”时齐心聚力发力。“领”号者可以随心所欲填词，而“和”者只唱“哎呀咂嘞”或“哎依咂嘞”四个字：

领：哎依咂嘞……和：哎呀咂嘞！
领：号喊三声……和：哎依咂嘞！
领：力用齐哟……和：哎呀咂嘞！
领：拗起石王……和：哎呀咂嘞！
领：就起身嘞……和：哎依咂嘞！

然后是调情调笑：

领：大嫂见你……和：哎呀咂嘞！
领：打单身嘞……和：哎依咂嘞！
领：利办（特意）拖你……和：哎呀咂嘞！
领：说内心嘞……和：哎依咂嘞！

“快号”是在拗石头时所用，声调与节奏急促强烈，可以加快劳动节奏，提高劳动效率。快号“领”者一般一句四言或三言，“和”者固定三言：“喂呀咂”。快号与慢号内容差不多，也是各种内容皆可入“号”。

仡佬族居住在山区，山区道路崎岖难行。若抬石头、抬木头、抬轿子等需要两人以上负重前行的劳动，就需要前面的人用号子的形式“报路”，讲明道路情况，以便后行者根据道路情况调整动作，以协调步伐，安全快捷地行走。如贵州道真报路号子：“天上的鹞子，地上的轿子。天上明晃晃，地下水凼凼……凌（冻）路滑，稳步跨。落雪又打凌（冻），两脚要踩稳……过河走跳磡，一磡接一磡。”报路号子重在“报路”，必须根据路况，准确报号，不能东拉西扯。[1]

① 罗懿群、王成杰、王勤等：《仡佬族文学资料汇编·劳动歌集》，内部刊印，1986 年，第 278~293 页。

仡佬族劳动歌还有很多，如《砍柴歌》《放牛调》《二郎号》《放牧歌》《采茶歌》《赶马歌》《十二月栽花》《长年歌》《开镰歌》《推豆腐歌》《望乡台》《竹衣号》等，各有特色，各有情调。

情　歌

情歌是在仡佬族人民之中流行最广泛、数量最多、音调最丰富、艺术性最高的一类民歌。仡佬族居住比较分散，各地唱情歌有不同的习俗。贵州安顺平坝大狗场一带的仡佬族有正月堂屋对歌的习俗，从初一对歌到十五才结束，歌手所唱多为情歌；贵州安顺一带的仡佬族青年通过赶场、走亲访友等社交场所相识相约，到男方或女方家里“行歌坐月”；贵州清镇一带的仡佬族在婚庆典礼结束后，男方主动找送亲客对歌，有时可唱三天三夜；贵州水城一带的仡佬族青年在“花音坡”对唱情歌，选择配偶。由于时代的变迁，仡佬族青年对唱情歌的习俗基本上消失，仡佬族的婚恋习俗也逐渐由对歌择偶，演变为遵循父母之命、媒妁之言的包办婚姻再到自由恋爱了。

仡佬族情歌大致可以分为“相识求爱歌”“相思相恋歌”“信誓歌”“其他小调”等。

《太阳出来照白岩》属于“相识求爱歌”。深山旷野，田边地头，遇见心仪之人，怦然心动，却又羞涩难言，只好以歌探路，表明心迹：

太阳出来照白岩，白岩上面鲜花开。哥想摘朵鲜花戴，花高岩陡摘不来。唱起来唱起来，唱得鲜花四时开。唱得河中鱼戏水，唱得姣妹挨拢来。同妹坐在路当头，妹不开声哥起头。妹不先唱哥先唱，唱起山歌一起走。[①]

① 王明析：《仡佬之源》，内部刊印，2005 年，第 200~201 页。

以鲜花喻情妹，情郎表明心意，但“花高岩陡”，不知情妹有何想法，只好继续歌唱，直到“唱得姣妹挨拢来”“唱起山歌一起走”。

《妹是山中一棵梅》以对歌的形式，表明男女相恋的山盟海誓：

妹是山中一棵梅，哥是喜鹊满天飞；喜鹊落在梅枝上，枪打箭射撵不飞。哥妹树下订终身，吞下秤砣铁了心；吃下竹竿不变卦，炖烂牛肉不返生。情妹是哥好知音，鞋匠锥子要当针；要学辣椒红到底，莫做花椒黑了心。有情哥哥你放心，莫从门缝来看人；妹是后园芭蕉树，年年换叶不换心。[①]

男女对歌，用了吞下秤砣铁了心、炖烂牛肉不返生、鞋匠锥子要当针（真）、莫做花椒黑了心、芭蕉换叶不换心等拟人、比喻、谐音多种手法，表明心迹，订下终身。

从前，仡佬族居住地山高水长，道路崎岖坎坷，信息不通畅，见面亲热成了奢侈之事。于是，无尽的情爱化作绵绵的思念，化为一首首相思相恋的情歌。这类情歌是仡佬族人赋予情感最深、最动人的情歌。如《奴妹与哥心合心》：

鸭嘴冇（没）得鸡嘴圆，鸡嘴冇得妹嘴甜。八月十五亲个嘴，九月重阳还在甜。鲜花不要勤浇水，日晒雨淋花自开。相交不要多言语，眉毛一动自然来。高坡点荞荞秆空，望妹一眼过一冬。望妹一眼算一夏，好比明月照清风。郎在高山砍柴烧，妹在后园打葡萄。假装锥个檬子刺，挨挨擦擦要妹挑。[②]

民歌语言是鲜活的群众语言，“八月十五亲个嘴，九月重阳还在甜”，写出爱情的甜蜜，简洁质朴，令人回味；“眉毛一动自然来”，说明恋人之间不需言语，一颦一笑都是情；“挨挨擦擦要妹挑”，

---

① 熊大宽：《仡佬族文化百科全书》，贵州民族出版社，2002年，第156~157页。

② 王明析：《仡佬之源》，内部刊印，2005年，第204~205页。

写出情哥既想亲近又害羞，找个理由接近情妹的可爱窘态。

《妹家门前打嫁妆》带有叙事情歌的性质。情哥与情妹青梅竹马，感情至深。黔北有小丈夫娶大媳妇的习俗，情妹遵循父母之命嫁给才几岁的“小丈夫”：

十八小姣三岁郎，夜晚还要抱上床；不是爹妈双全在，你当儿来我当娘。①

情妹痛恨无爱的婚姻，思念青梅竹马的情哥到了极致，最终发出惊世骇俗之言：

凉风绕绕天要晴，乌鸦吵来要死人。要死就死亲丈夫，莫死团转野男人。

对包办婚姻的痛恨，对“小丈夫”不能自理的无奈，对情哥刻骨铭心的思念，溢于言表。这几句歌词被仡佬族作家寿生写入小说《黑主宰》，该小说被胡适先生加上按语，破例发表在他主编的从不刊登小说的《独立评论》杂志上。

在封建时代，自由恋爱难免被家长干涉，爱的理想时常难以实现。于是，恋爱中的青年男女以歌表达强烈的爱恋之情，信誓歌成为仡佬族青年爱情的见证、爱情的誓言。如《哥妹二人心合心》：

生要连来死要连，生死不离姣面前；生要生在姣怀里，死要死在姣面前。生不丢来死不丢，要等蚂蟥生骨头；要等石头生菌子，冷饭发芽哥才丢。②

其表现手法与汉乐府《上邪》相似。

仡佬族情歌多为七言四句一节，唱起来上口，容易记忆。也有一些用多字句、多段落系统地表达一个主题，近乎叙事诗的情歌，

---

① 王明析：《仡佬之源》，内部刊印，2005 年，第 208~209 页。

② 王明析：《仡佬之源》，内部刊印，2005 年，第 208~209 页。

如《望郎歌》《送郎歌》《五更调》《十二月探妹》《送妹歌》等。这些情歌在叙事中夹以抒情，描写一些特殊环境和独特意象，抒发男欢女爱之情，表现形式多种多样。如《送郎歌》，以空间为序，从家中的家具、厨具、农具，到抽烟、喝酒、茶话，再到田间地头、蔬菜果林、十里长亭，睹物言情，柔情蜜意，字字珠玑：

送郎送到板凳头，守着板凳哭油油，娘问女儿哭什么，渣渣落在眼睛头；送郎送到板凳边，守着板凳哭一天，娘问女儿哭什么，火不燃来烟子烟。

板凳曾是情郎坐过之物，睹物思人，泪眼婆娑。娘多疑而问，女儿强忍泪水，巧妙应对，场景描写生动。

《癞皮蜂》是一首偷情男女对唱的小调，构思奇妙：

女：妹家当门有座桥，情郎哥你莫把手来招。恐怕我丈夫目（盯）到你，一刀二枪杀在你身上。

男：杀在我身上，那又有何妨。变一棵桑树土中长，目到妹妹打桑叶，一刺锥在妹身上。

女：锥在我身上，那又有何妨。相交一个朋友会木匠，一斧二斧砍倒你，拿去丢在万丈深坑塘。

男：丢在万丈深坑塘，那又有何妨。变一个鱼儿水中藏，目到妹妹来挑水，一刺锥在妹身上……

小调用顶针手法衔接各个段落，一直编唱下去，蝉联递接，结构严密，浑然一体。妹妹似乎要想尽办法惩罚哥哥，无所不用其极；哥哥却死皮赖脸、死去活来地纠缠妹妹，变成各种化身也要和妹妹在一起。在这一唱一和里，郎情妾意，尽在其中。

仡佬族情歌还有许多精彩之作，如《女儿十八春》写少女怀春偷情的过程，表现青年男女对自由恋爱的向往，对封建婚姻的反叛；《倾诉歌》倾诉妹子爱情郎之深情，选用长句的形式，直抒胸臆；《十送郎》旋律优美，委婉缠绵。还有《桃子开花绿莹莹》《绣荷包》《想情郎》等民间小调，从各个角度表现仡佬族青年的婚恋心理，表现他们对爱情、自由、幸福的向往。

哭嫁歌

仡佬族婚俗程序漫长而烦琐，每个程序对男女双方都有具体的规定。各地仡佬族的婚俗程序不同，一般男方为提亲、交礼、发茶、装香、开庚、报期、迎娶；女方相应为放话、盘媒、备嫁、哭嫁、发亲等。

“哭嫁”是仡佬族女方出嫁的习俗，由此产生《哭嫁歌》。仡佬族哭嫁习俗的起源有三种可能：古代抢婚；原始母系氏族社会向父系氏族社会过渡时期，男性强势地位的出现导致女性的抵制、反抗；汉文化的输入，儒家伦理道德的影响。[①]

务川仡佬族哭嫁歌由“唱婚”演变而来。姑娘出嫁，左邻右舍的姑娘陪她玩耍，唱歌祝福。唱到出嫁前一天，出嫁姑娘觉得难舍难分，唱着唱着就唱哭了，就逐步形成“哭嫁歌”。婚期前三天，姑娘开声哭婚后，首先“哭母亲”：

鸡叫五更要天亮，冤家开声先叫娘；我娘抚我一十八，冤家要走把娘想……娘把冤家生下地，一把尿来一把屎；把儿洗得干又净，怀抱女儿穿新衣；只要女儿一声叫，急忙解衣喂奶吃；红裤红裙捂得好，生怕女儿打喷嚏。

从母亲生女儿下地，到将女儿养大成人，细数母亲养育之恩，痛说不忍离开母亲之情。女儿唱完后，母亲要陪唱：

我的女儿生错命，生来就是外头人；你要出去乖巧点，当家理

① 费元琴：《论仡佬族“哭嫁歌”》，贵州师范大学硕士论文，2007 年，第 3 页。

财为贵人；早晨笑端洗脸水，晚上勤端洗脚盆；轻言细语问勤点，莫要大声得罪人；只要别人没闲话，安安生生娘放心。

女儿接着母亲的陪唱继续哭下去，这一过程需要两三个小时。然后哭爹爹、哭哥哥、哭嫂嫂、哭姐姐、哭弟弟、哭妹妹。爹爹、哥哥、弟弟不陪唱，嫂嫂和姐姐要陪唱。哭完家人，第一天的哭嫁就结束了。

第二天，姑娘开始哭伯父伯母、叔叔叔母、舅舅舅妈、表哥表姐、堂哥堂姐等亲戚。

接着是“花圆酒”，帮忙的人很多，就要哭帮忙的人，如杀猪匠、厨师、押礼先生等。还要哭曾经教育或帮助过自己的人，如教书先生、木匠、医生等。花圆酒日或接亲当日，根据庚书时间“梳头冠笄”后，姑娘“哭梳头人”。“花圆酒”是出嫁女以女儿身份在娘家的最后一天，姑娘哭得最忙。由一位有福气、能说会道之女人带着姑娘在酒席上去哭众亲友。哭到谁，谁就会拿“开口钱”。吃完晚饭后，姑娘哭“送亲客”。

娶亲之日，迎亲队伍吹吹打打，进入女方堂屋，开始“摆礼”。姑娘开始“哭礼生”。礼生交接完毕，女方开始安排饭席，姑娘到堂屋“哭祖宗”。辞别祖宗，百感交集。这一切似乎都与媒人有关，于是就“骂媒人”。借骂媒人巧舌如簧，表达自己不愿离开娘家的心情。当然，媒人也不甘示弱，必须“还骂”：

背时女，砍脑壳，人铁嘴巴莫要恶。背时女，莫要骂，我做媒人走天下。我做媒人有人请，没人请我还不行。我做媒人凭良心，一辈子作媒不害人。

姑娘与媒人对骂之际，嫁妆收拾完毕，轿子抬进大堂，姑娘再次“哭爹妈”。哭完爹妈，姑娘上轿，唢呐吹起《离娘调》，姑娘离开娘家，开始新的生活。

出嫁是女性身份的转换，她们由父母庇护下的少女到独立门户的妻子，走向充满希望又暗伏危机的新生活。俗语说：“出嫁女儿哭是笑”，就是这种矛盾心态的表达。婚嫁给女性提供了宣泄情绪的特殊环境，“哭嫁歌”成为充分表达女性话语的特殊形式。在三天的哭嫁中由少女情怀过渡到新娘心理，完成对崭新角色的认知。内容丰富、情感充沛、亦歌亦哭、亦喜亦悲的仡佬族哭嫁也成为本民族独具特色的民俗。[①]

哭丧歌

“号丧哭嫁”是仡佬族在婚丧嫁娶中抒发感情的一种方式。亲人去世，家人号啕大哭，边哭边唱，寄托哀思。部分地区还请人代哭，由此形成哭丧歌。哭丧有几种情况，一是亲人哀哭，泣不成声，真情释放；二是亲朋好友哭丧，根据与逝者的感情亲疏而悲哀程度有别；三是请来的哭丧者，哭得有板有眼，抑扬顿挫，起到烘托气氛，为亡灵歌功颂德的作用。

根据丧葬仪式的程序与逝者身份、哭者身份的不同，哭丧歌有不同的内容。贵州务川仡佬族将男人哭叫作“号丧”，女人哭叫作“哭丧”。如女儿哭娘的《哭十月怀胎》：

一月怀胎在娘身，无声无气又无形。好比水上浮漂草，不知生根不生根。二月怀胎在娘身，一天到黑闷沉沉。口中不言心自想，儿在肚内母知音。十月怀胎在娘身，又怕横生以完生。一阵痛来无可忍，娘在房中叫一声。儿在肚里生长大，痛得我娘命发青。痛得我娘昏迷去，爹爹一见吓落魂……[②]

从一月怀胎到十月分娩，细数母亲怀胎十月生下女儿之不易。《哭丧歌》与哭十月怀胎构思相似，女儿从一更哭到五更，从母亲

① 王明析：《丹砂古县的文化记忆》，内部刊印，2007 年，第 143~174 页。
② 王明析：《仡佬之源》，内部刊印，2005 年，第 207~208 页。

十月怀胎，一直哭到女儿出嫁，母亲病重身亡，如泣如诉，情真意切。

根据丧葬仪式的程序，有相应的哭丧歌。如道场先生进屋唱《先生进屋时哭》，吹打先生来了唱《吹打先生进屋哭》，还有《哭送灵房去烧》《下圹入井哭》《破狱接亡哭》《安灵哭》《接亡哭》等，都是在实施丧葬程序时的哭丧歌，根据不同的程序表达哀思。

在逝者灵前烧纸时，是表达哀思的时机，唱《烧更纸哭》：

一张更纸四角裁，阎王老爷带信带。金字牌来银字牌，可恨阎王不应该……今日上了望乡台，望乡台上打一望。满堂孝子哭哀哀，大的哭得肝肠断。小的哭得战兢兢，孝家哭得天地震。只怪阎王瞎眼睛，阎王不放你回来。

逝者为大，平时不敢冒犯的阎王老爷，此时也可以放声痛骂。守在灵前，想起逝者的恩情，随时随地都可以用歌声表达悲痛的情绪，如《哭十月怀胎》《晚饭后哭》《烧老纸》《五更传》《哭娘恩》等。发丧之时，更是生离死别之时，唱《哭发丧》。[①]

从母亲居住的堂屋，送到她的坟地，给娘哭诉发丧之情景，哭诉从此阴阳两隔之悲伤。《哭风花雪草》是一首别致的哭丧歌：

风，来无影子去无踪。人生好似一场风，人亡风散留不得。花，牡丹芍药花。人生犹如一枝花，人亡花谢留不得。雪，狂风吹动满山白。人生好比一场雪，人亡雪化留不得。草，人生犹如一棵草。草生草死根还在，人死人亡不团圆。[②]

《哭风花雪草》以风花雪草等自然物象类比人生，人生就如风花雪草，来自自然，终究会回归大自然。《哭风花雪草》恰似一首散曲，意象鲜明，比喻生动。面对生死，超脱自然，是仡佬族人对死亡的诗意解读。

① 王明析：《丹砂古县的文化记忆》，内部刊印，2007 年，第 204~205 页。

② 王明析：《仡佬之源》，内部刊印，2005 年，第 182~184 页。

哭丧歌中的《哭骂歌》别具一格。若逝者儿女较多，生前对某个儿女或儿媳妇有所偏爱，或某个儿女或儿媳妇对逝者生前有所不敬，姑嫂或妯娌看在眼里，记在心里，会借哭丧之机将心里话哭骂出来。

亲人去世，灵堂成为哀悼逝者、表达怀念之情的场所。仡佬族哭丧歌是对逝者养育子女、勤俭持家、崇高品德、善行义举、生平事迹的阐述和概括，是对亲朋好友以及治丧者前来吊唁、帮忙的感激，同时将对逝者的敬爱、思念、感恩、遗憾等情感表达得淋漓尽致。

时政歌

“时政歌是民众从自己的观察和切身感受出发，以歌谣形式对所处时代的政治局势、政治事件、政治人物、社会风气等所作的评价和议论。”[①] 仡佬族也以歌谣的形式讽刺、抨击贫富悬殊、阶级压迫、拉兵派款等社会现象，表达他们对时政的认识和态度，流露他们向往解放、向往幸福的心声。

如贵州务川一带曾经流传的《天昏昏》：

天昏昏，地茫茫，虎狼当道，田野荒凉。仡佬人吃树皮草根，穿棕衣棕裳。老天呀老天，你睁开眼睛，看看我们仡佬人的悲伤。天神啊天神，伸出你的双手，救救我们仡佬人。[②]

在虎狼当道的社会，仡佬族人居住的田野一片荒凉，饥寒交迫的仡佬族人叫天天不应，喊地地不灵，只好把希望寄托在虚无缥缈的天神身上。

再如《一年到头忙》：

---

① 黄涛:《中国民间文学概论》，中国人民大学出版社，2009 年，第 275 页。
② 王明析:《仡佬之源》，内部刊印，2005 年，第 175 页。

太阳西边落，月亮东边上。仡家要活命，好比月亮赶太阳。累得腰酸骨头痛，到头来没有一颗粮。仡家要活命，一年到头忙。

仡佬族人像太阳月亮一样，升起又落下，为了活命不停地奔波，虽然累得腰酸骨头痛，生活还是没有保障。

仡佬族生活在恶劣的自然环境——石旮旯中。即使环境如此恶劣，仡佬族人还是辛勤劳作，耕种粮食。但是，辛苦收获的粮食又被地主收走，仡佬族人只有挨饿受冻，“逃荒上吊坐监牢”了。贵州大方一带曾经流传的《穷人头上两把刀》：“穷人头上两把刀，租子重，利钱高；穷人眼前三条路，逃荒、上吊、坐监牢。”[1] 表达了同一主题。

乡长保长、乡丁恶霸，横行乡里，鱼肉百姓。贵州务川的《猴子大岩鹰》用简洁的语言刻画出他们的凶恶形象：

猴子大岩鹰，乡丁和保丁。杀人不眨眼，团转敲磕人。二七去赶场，前后五杆枪。杀人不见血，硬是活阎王。[2]

用猴子、岩鹰等动物比喻乡丁保丁的狡诈凶狠，寥寥数语，勾勒出他们草菅人命的血腥场面，描写出他们飞扬跋扈的丑恶面目。拉兵派款是官府压迫人民的手段，给仡佬族人民造成了深重的灾难。贵州务川一带曾经流传的《拉兵歌》是对官府拉兵的生动写照：

睡齐半夜阵，狗儿叫连天。三更来打门，乡保抓壮丁。拉兵真凶恶，手中拿索索（绳子）。一见三魂都吓落，把住犯人捉。索索绑在身，哭坏二双亲。儿去当兵几时回，二老靠何人。妻子哭哀哀，娃儿抱在怀。你去当兵不回来，老幼怎幺台（怎么办）。[3]

① 中国科学院贵州分院民族研究所：《贵州省仡佬族社会历史调查资料》，内部刊印，1964 年，第 18 页。

② 王明析：《仡佬之源》，内部刊印，2005 年，第 176 页。

③ 王明析：《仡佬之源》，内部刊印，2005 年，第 176~177 页。

半夜拉兵，抓走家中的顶梁柱，剩下哭哭啼啼的一家老小，生动的叙事再现了杜甫名作《兵车行》中“牵衣顿足拦道哭，哭声直上干云霄”的情景，让人深切地感受到民间歌谣震撼人心的魅力。

《皇粮歌》是对官府征收“皇粮”的控诉：

天上下雪又下凌（凝冻），既无吃来也无穿，这种天气怎么过，哪来粮食上皇粮？为了借谷去窜街，为了借粮去窜寨。借得谷粮心欢喜，不得谷粮泪满腮。[1]

1935年初，中央红军经过遵义仡佬族山寨平家寨（今平正仡佬族乡）。红军对仡佬族人民问寒问暖，送衣送粮，留下大量的宣传标语；仡佬族人民为红军带路送信，救治红军伤病员。历来遭受压迫的仡佬族人民感受到红军的温暖，红军与仡佬族人民结下深厚的友谊。在平家寨，流传着许多红军歌谣，表达仡佬族人民对红军的深厚感情。

中央红军离开仡佬族地区后，仡佬族乡民全治邦、李炳成编写了《红军花灯词》（又称《红军灯》），在仡佬族地区传唱：

正月里来正月正，江西起义是红军；朱德在招人和马，招起人马要起身。二月惊蛰与春分，红军进了遵义城；苏维埃来救中国，打倒土豪把田分……四月里来栽早秧，娄山关前摆战场；红军战士猛如虎，打垮黔军柏辉章。五月石榴开满山，红军大战老鸦山；敌军死了两千几，师长跑得皮肉翻……[2]

“红军灯”从正月唱到腊月，将红军在遵义的革命行动写进十二个月的叙事中，如打土豪分田地，娄山关大捷，四渡赤水，强渡乌江等，歌颂红军战士英勇顽强的革命精神，表达仡佬族群众对

① 熊大宽：《仡佬族歌谣选》，贵州民族出版社，2004年，第150页。

② 中共平正仡佬族乡党委、平正仡佬族乡政府：《中国仡佬第一乡之红色记忆》，中共党史出版社，2014年，第227~228页。

红军的深切怀念，盼望红军早日归来的急切之心。

平正仡佬族乡一带流传许多歌颂红军的山歌。如田金海收集整理的《打排草鞋送红军》：

山寨棕树青又青，割棕搓爽为红军。搓起爽子打草鞋，打好草鞋送红军。捶草要捶糯谷草，打成草鞋穿起好。打排草鞋送红军，红军穿起如马跑。红军见我打草鞋，撕些布条递过来。拿起布条打草鞋，红军穿起劲头来。红军布条打草鞋，耐穿合脚笑开来。一双草鞋一份情，红军阿仡喜开怀。

歌谣中的“排”是计数单位，十双草鞋为一排；“爽”是打草鞋的绳子。红军递过来布条，与老百姓一起打草鞋，更显示出军民鱼水情深。歌谣描写打草鞋的过程，节奏明快，语言质朴。在仡佬族地区广为流传的红军歌谣，还有《撒下革命种》《我为红军打草鞋》《红军为咱打天下》《乐为红军当向导》等。

新民歌

中华人民共和国成立后，各族人民当家作主，过上了幸福的生活。他们知道，没有共产党就没有新中国，就没有仡佬族人民的翻身得解放。他们放开歌喉，歌唱共产党，歌唱新生活。如《来了救星共产党》：

从前仡佬坐深山，万里乌云遮住天，要想翻身得出头，除非云散见青天。一声春雷震天响，来了救星共产党，打断千年铁锁链，仡家翻身见太阳。来了救星共产党，组织农会拿起枪，打倒土豪分田地，仡家歌声冲云霄。[1]

① 罗懿群：《仡佬族文学作品选》，内部刊印，1979 年，第 1~2 页。

歌谣以新中国成立前后仡佬族人民生活的对比，歌颂仡佬族人民翻身得解放以后的新生活，歌颂伟大的中国共产党。另一首《千秋万代不忘恩》也用了对比手法：

三月金竹发芽了，喜鹊有啼不完的鸟语；六月荞花开放了，蜜蜂有采不完的花蜜；阿仡如今翻身了，有唱不完的欢歌……过去阿仡像没有毛的弱鸟，如今成了羽毛丰满的凤凰；过去阿仡像石头压着的萎草，如今却像雨后的春花怒放。[①]

过去的仡佬族被三座大山压得喘不过气来，就像飞不起来的弱鸟，衰败的萎草；翻身后的仡佬族寨子鸟语花香，日子如蜜一般香甜。《赞郎歌》用夸张的手法表现生活的富裕：

哥家房子起得高，好比云南一座雕。前面窗子几十道，后面栏杆几十条。地上铺的花地毯，白日昼夜凤来巢。左边厢房吹笛子，右边厢房吹笙箫。[②]

过去想都不敢想的日子，现在变成了现实。仡佬族人民将生产劳动、幸福生活与歌颂共产党联系起来，如《仡家紧跟共产党》用民歌“十二月歌”的形式，从正月唱到腊月，演唱每月的农耕要点，字里行间洋溢着欢快幸福的感情：

正月里来正月正，学习政策要认真，党的政策指方向，各族人民一条心！十月里来是春分，桃红柳绿万象新，万紫千红春来到，抓紧季节闹春耕！三月里来是清明，阳雀飞来报佳音，春播任务搞得好，仡家老幼喜盈盈。

《生产歌》《水库歌》也采用“十二月歌”的形式，除了常用

① 唐文新：《千秋万代不忘恩》，载《娄山关》1977年第5期。
② 苟朝忠：《清镇仡佬族（续集）》，内部刊印，2018年，第198页。

的农耕术语外，还有许多科学种田的术语，如《生产歌》[1]加入了科学种田、泥水选种、先进经验、拉绳插秧等具有时代特征的术语，具有浓郁的时代气息。仡佬族情歌也打上了时代的烙印，加入了新的元素，如《对门石岩对石岩》：

对门石岩对石岩，一双喜鹊飞上岩。传书带信千万遍，勤劳致富永记怀。对门青山长石岩，一双喜鹊飞上岩。鸟唱歌儿千万遍，幸福要靠奋斗来。[2]

歌中“勤劳致富”“奋斗”等词语都是新社会的时代用语。《新编情歌》运用了“十二月歌”的形式，加入了新的时代内容：

三月里来柳月尖，手拿锄头要下田，农业季节要抓紧，青年应该走在先……九月里来是重阳，重阳造酒满缸香，妹们造酒千般味，多造一缸等情郎……冬月里来冬月冬，学习会上常相逢，哥妹同心又同意，互助互爱情意浓。[3]

爱情离不开劳动，在学习上会加深了感情，在新的时代，爱情也加入了新的意蕴。

改革开放以来，仡佬族地区开发民族文化资源，举办仡佬族传统节日庆典，如仡佬族的“吃新节”，就有贵州平坝、清镇等多地举办。在举办这些节庆活动时，除了演唱仡佬族传统民歌之外，还新编了一些民歌，如贵州省清镇市“吃新节”的《敬酒歌》、清镇市蚂蝗村的《仡佬情歌》等。贵州省安顺市平坝区高峰镇大狗场举办的“吃新节”唱的《采新歌》：

八月初六谷金黄，仡佬山寨锣鼓响，飘飞彩旗照笑脸，节日赛歌献给党。从前仡佬住深山，弯弯拐拐无路攀，仡佬住在深山里，

① 罗懿群：《仡佬族文学作品选》，内部刊印，1979 年，第 26~36 页。
② 苟朝忠：《清镇仡佬族（续集）》，内部刊印，2018 年，第 215~216 页。
③ 罗懿群：《仡佬族文学作品选》，内部刊印，1979 年，第 57~62 页。

日子难熬泪不干。如今仡佬把身翻，公路修到大门前，全靠党的好领导，日子过得比蜜甜。八月初六彩旗扬，放开歌喉把歌唱，山风听了把曲配，稻米听了酿酒香。鼓声歌声闹洋洋，仡佬姑娘采摘忙，采得新谷来献祖，唱首山歌表衷肠。[①]

仡佬族歌唱新生活的新民歌还有很多，如《仡佬人民心里甜》《万花齐放迎新春》《阿仡的心声》《写春联》《养生歌》等。仡佬族新民歌在内容上以歌颂共产党、歌唱新生活为主，有着鲜明的时代印迹。由于是新创作的民歌，没有经历历史的积淀，有的新民歌在艺术上还比较粗糙，还须进一步锤炼。相信随着仡佬族民众文化水平的提高，参与写作新民歌的民众更加广泛，仡佬族新民歌一定能达到新的水准，一定能在民族歌坛里大放异彩。

① 政协安顺市教文卫体委员会：《安顺文史资料第六辑·安顺仡佬百年实录》，内部刊印，2006 年，第 386~387 页。

古代作家文学

明代，明太祖朱元璋要求在少数民族地区“宜设儒学使诗书之教”，“当谕诸酋长，凡有子皆令入国学受业，使知君臣父子之道，礼乐教化之事”[①]。明代，贵州考取进士109名，其中，思南府申祐，石阡长官司胡允恭、费道用、胡允敬等人为仡佬族，他们均有诗文传世。

清代，儒学在少数民族地区有了进一步发展，少数民族子弟进入学校已成制度。大批少数民族子弟潜心读书，钻研儒学，参加科举考试，取得功名。清代，贵州考取进士621名，举人6000余人。石阡府仡佬族成人于乾隆十年中进士，70年后，其曾孙成世瑄又中进士，成世瑄官至江宁布政使，护理两江总督，有诗作传世。与成世瑄同科的石阡府仡佬族进士徐培深，因其学识及文才被石阡人尊为“巨儒”。另外，《黔诗记略》存费以矩诗9首；邹继圣著有《清江剩草》；费德慎著有《团锦堂诗稿》；邹延圣、韩之显、冯辅元等均有诗文留存。

联芳唱酬，意境深远：宋昂、宋昱

《黔诗纪略》载，水东仡佬蛮夷长官司宣慰同知宋斌“颇读书，

① 转引自马骏骐等：《贵州文化六百年》，贵州人民出版社，2014年，第224页。

喜近文士”，“严督诸子向学，以振俗陋”。在他的培养下，其子宋昂、宋煜成为仡佬族较早从事文学活动的人物。

宋昂，字从頫，号省斋，明正统七年（1442 年），袭贵州宣慰司同知。其父宋斌以重金聘请闽中著名诗人廖驹为宋昂、宋昱教授诗书，宋氏兄弟以吟咏驰名乡里。宋昂以礼法文教治理其辖区，任期内“民夷揖和”。

宋昂与弟宋昱合著的诗集《联芳类稿》经翰林院编修罗玘校点审定，并作序刊行。序云：“以余所闻，贵州宣慰使宋从頫，则于文章诗赋，攘臂敢为之，间能流传四方。其意欲与中原大家相角逐，宁止通古今、取科第者之足言乎？其弟如晦（宋昱），隐君也，秀而亦文，从頫与之迭为唱酬，积数十年遂成编帙，有所谓《联芳类稿》者，所以志其为兄弟之作也。”[①] 评价甚高。

《联芳类稿》未能传世。现存宋昂七律四首，《黔诗纪略》载两首：《送赵逊敏东归》《送杨知事》；《黔记》载两首：《狮峰秋色》《答越存古》。《送赵逊敏东归》：

琴鹤先生乐自然，故山归去白云边。
门前柳忆陶元亮，玉洞人迎葛稚川。
行色苍茫林影外，离情萧索酒杯前。
欲知别后相思意，疏柳寒梅锁墓烟。

送别好友，将之比作乐居山水间的陶渊明、葛洪，表达对其“乐自然”“归去白云边”的赞美与羡慕，抒发分别后的思念与萧索凄清之情，尾句“疏柳寒梅锁墓烟”以景写情，意境深远。《送杨知事》：

江水澄清树叶丹，临岐人送柏台官。
十年帏幄参机务，一旦云霄振羽翰。

① 贵州省文史研究馆：《续黔南丛书》第 1 辑（中），贵州人民出版社，2012 年，第 1475 页。

风静洞庭高浪远，月明扬子暮潮寒。
京华到日春光好，花柳无边马上看。

杨知事升迁，作者设宴作诗送行，以“柏台”“帏幄”“振羽翰”等词，表达对杨知事升迁的祝贺与祝愿。“京华到日春光好，花柳无边马上看”，化用孟郊“春风得意马蹄疾，一日看尽长安花”之意境，描述杨知事的欣喜之情。同为送别诗，《送赵逊敏东归》是对归隐的赞扬，《送杨知事》是对升迁的祝贺。尽管送别对象有出世、入世之分，但送行者均以满腔热情吟诗送别，表现其宽广的胸襟。两首诗对仗工整，格律严谨，用典精当。另外两首，一首是《狮峰秋色》：

狮峰越绝镇炎方，妆点秋容接混茫。
万仞层崖涵积翠，一林寒叶醉清霜。
岚光掩映归鸦障，曙色熹微起雁行。
正是行人分手处，桂花香满薜萝裳。

另一首是《答越存古》：

归软何必思凄然，瘦马频嘶稳著鞭。
采药难寻蓬岛路，垂纶却忆鉴湖船。
远林啼鸟笙歌沸，小店繁华锦绣连。
珍重故人怜契阔，迢迢双鲤寄华笺。

此二首与《送赵逊敏东归》《送杨知事》同为送别诗，却没有描述具体的人物、事由，只是以景物描写烘托离愁别绪，表达人生境界。《狮峰秋色》写崖涵积翠、叶醉清霜的狮峰秋色，以归鸦、雁行起兴，引出离别之情。结尾“桂花香满薜萝裳”句，烘托出离别之人的清俊高雅。《答越存古》是四首送别诗中情绪较为低沉的一首。首联“归软何必思凄然，瘦马频嘶稳著鞭”渲染出思乡之惆怅，用“蓬岛路”“鉴湖船”之典强化了缥缈的感觉，故而“珍重故人怜契阔，迢迢双鲤寄华笺”。朱彝尊《静志居诗话》评价：“昂、昱兄弟俱能文，诗格尤高，埙篪叠奏，风韵翩翩。”

宋昱，字如晦，号宜庵。与宋昂合著有诗集《联芳类稿》，诗风清雅恬淡。现存诗五首：《黔诗纪略》录《送汪公予还嘉禾》《忆旧游》二首，《黔记》录《秋日感怀》《寄赵乐闲》《漫成》三首。《忆旧游》是记游诗，回忆与友人同游杨雄宅、杜甫祠等蜀地名胜，饮酒赋诗的情景，而如今回首成暮，表达“独立苍茫”的惆怅之情：

记得曾游蜀路时，两川人物尽相知。
联袂共访杨雄宅，携酒同登杜甫祠。
夜月楼台飞逸兴，春风花柳入新诗。
于今回首真成暮，独立苍茫有所思。

《送汪公予还嘉禾》是送别诗：

城上栖乌下女墙，城边行客醉壶觞。
一尊风雨秋萧瑟，千里关河路渺茫。
乡梦已随云去远，离情空与日添长。
凭谁为道南湖好，早晚还来理钓航。

虽为送别，却以“汪公子”的视角，描写其思乡之情：“乡梦已随云去远，离情空与日添长”，因此，“城边行客醉壶觞”。诗作抒情深沉含蓄，意境高古不俗。《秋日感怀》感慨萧条往事，旧交零落，只好饮酒一樽，忘形天地，混迹蓬蒿。《漫成》写隐居之趣，身形为寻诗而瘦，髀骨因骑马而消，为作者自嘲。

淡泊潇洒，寻求解脱：费道用

费道用，字暗如，号笔山，贵州石阡人，明崇祯四年（1631 年）

进士，授福建福清知县。性廉洁耿介，崇学奖士，善政惠民，明断公允。因遭诬告被罢黜，后冤明而起用，迁兵部职方司郎中，转吏部考功司。

费道用与徐惟起、杨德周等人编补《闽南唐雅》，与杨德周刻印《岳武穆遗文》《遗事》，与杨德周补订、徐惟起编写《荔枝谱》。其所著《碧桃轩集》已散佚，《黔诗纪略》录其诗作16首。

费道用现存16首诗，包括五言长诗《遣闷》，《次群玉病中五首》为五律共五首，《淡言韵步蔡远卿林元甫陈荣子十首》为七律共十首。与前述诗人流连山水之间，抒发归隐或入世心绪不同，费道用的诗多写对现实的失望与不满，抒写矛盾复杂的心理。

由于遭人诬陷，政治上受到挫折，以及对官场黑暗与腐败极为反感，费道用以长篇五言诗《遣闷》抒写他忧闷的心情，寻求精神的解脱，流露归隐田园的心情：

闭门真正墙，永日自小院。
坐久徐立起，缓步以舒倦。
厨冷忘三月，客来忆半面。
性疏本爱懒，才拙何容炫。
步瀛虞公群，登仙斑生彦。
愧非斯人徒，吾将从所便。
思之极烂熟，不悔亦不羡。

作者闭门独居，性疏爱懒，缓步舒倦，似乎什么都不关心、不在乎，任从所便，心灰意懒，不悔不羡，诗作实为作者郁闷心情之真实写照。何以遣忧？只有“倚楼望天色，独玩物之变”了：

晴来四序静，霞起五色炫。
秾华在其间，萧飒随所见。
野头海气昏，日脚山光颤。
园枝语鸟闻，牖户饥乌转。

欲听紫芝歌，何处光明殿。
纨绔比羁旅，侏儒与曼倩。
榕城峙三山，飙回带九县。
万里拥天关，七闽控海甸。

虽有“四序静”“五色炫”“语鸟闻”等令人心旷神怡之景色，也有“海气昏”“山光颤”“饥乌转”等郁闷慵懒情绪之映照。随即看到想象中“弋船滚滚清，棨戟纷纷奠。四望黄尘飞，一隅青海晏”的景象，联想官场遭遇，竟然生发出“昔非冀温饱，今欲焚笔砚”之感慨。抚今追昔，费道用有了脱离尘世，追随隐居之人的愿望：

终爱嵇阮高，难随灌绛牵。
久客思陇庙，栖栖欲何恋！
故园有佳处，小溪水如箭。
愚可比柳游，清亦堪吴燕。
披蓑舟小小，击鲜鳞片片。
浊醪镇日满，野老相与善。
既不劳劝酬，亦无妨责谴。
如此真自乐，问君何迟践。
逝将从此去，负瓢歌哨遍。

“浊醪镇日满，野老相与善。既不劳劝酬，自无妨责谴。”回想起随心所欲的家乡生活场景，的确是真正的乐趣，钟爱的是“嵇阮高”，何不歌咏着苏轼《哨遍·为米折腰》而归隐故园。

《次群玉病中五首》为五律组诗，表达淡泊潇洒的心志。作者感慨“豺狼道”上之险恶，自己可怜如“虮虱臣”，只有委顿藏锋，柔驯忍辱。

《淡言韵步蔡远卿林元甫陈荣子十首》为七律组诗，诗作多用典表达他对官场的认识及人生态度。如“壁有古琴愁俗韵，临风铿尔旷难禁”，用曾皙鼓瑟之典表达“咏而归”的志向；“金马谪星疑放荡，漆园傲吏更荒唐”，以李白和庄子为例，不拘一格，及时行乐；“撒手莫裁彭泽袖，冥心久杜汉阴机”，用陶潜与汉阴丈人典，认为自己应如同他们一样，不慕名利，杜绝机心。

忧国忧民，寄情于景：费以矩

费以矩，字仄平，贵州石阡人，费道用之子。清康熙二年（1663年）举人，任四川新宁知县。费以矩工诗善文，生平著作颇丰，可惜大部分亡佚。今存诗九首，见录于《黔诗纪略后编》《黔诗纪略后编补卷》。

费以矩的诗涉及怀古、记游、咏怀、送别等方面内容。怀古诗一首，题为《雁门怀古》：

秦皇英略震边陲，赵国雄风数出师。
异代君臣空好大，穷荒草木有余悲。
阴风白草蒙恬墓，鬼火黄昏李牧祠。
不堪策马高原望，千古茫茫动客思。

站在长城要塞雁门关，作者遥想当年秦皇英略，赵国雄风；赵将李牧常驻雁门抗击匈奴，秦将蒙恬率兵从雁门出塞驱赶匈奴。当年君王好大喜功，穷兵黩武，如今是穷荒草木，阴风白草，鬼火黄昏。策马高原，眺望远方，沧海桑田，千古茫茫。“阴风白草蒙恬墓，鬼火黄昏李牧祠”一句，将李牧、蒙恬之功绩与阴风鬼火相比，更显出千古茫茫之苍凉。

《岚州述怀》哀民生之艰：

劳劳车马叹关津，足茧千山万里生。
地近黄河环赵代，峰连紫塞控燕秦。

沙田禾黍多硗确，陶穴人家尚朴淳。
料得闾阎艰已甚，停车延伫一伤神。

诗人车马劳顿，来到岚州。岚州是古楼烦城邑，南有黄河环绕赵国、代国旧地，北则峰峦延伸至紫塞（长城）。岚州一带遭风沙侵袭，田土沙化，坚硬贫瘠，禾苗稀疏。农民居住在凿地而成的“陶穴”，生活艰难，仍旧“朴淳”。见此情景，作者驻车叹息，黯然神伤。诗作将苍茫历史、民生艰难与个人感受融为一体，表达忧国忧民之情怀。

七律《山居漫兴》抒发了纵情山水，与自然合一的情致：

久住山中未计期，风光于我最相宜。
水心似狷曾无染，山意如狂不受羁。
筑室溪中围薜荔，缓行洲上捋江离。
天留岁月须消受，一曲沧浪我自知。

诗作刻画了狂狷率性的自我形象。山中美景与诗人相契相宜，使他沉醉其间，流连忘返，不计归期。心志如没有受到污染的山水般狂狷，不受尘世间俗事的羁绊。如狂似狷的水心山意令诗人想到行吟诗人屈原，于是“筑室溪中围薜荔，缓行洲上捋江离”，寄托其高洁之志向。

送别诗《自平溪至沅赠州守祖玉州》：

扒金伐鼓放舟行，万里长空一叶轻。
三楚云山遥指顾，五溪花鸟欲相迎。
江流沅水天方阔，路出龙标山渐平。
此日莫愁无地主，美人洲上有香蘅。

在扒金伐鼓的奏乐声中，友人乘舟远行。自贵州岑巩到湖南地界，沿途风光如画，友人将欣赏到三楚云山、五溪花鸟，到达目的地后，更有美人洲上的美景相迎。诗作音韵和谐，对仗工整，写景状物气势宏大，情景交融，显示出诗人开阔的胸襟。《黔诗纪略》认为费以矩受明代律诗影响："仄平七律音节抗朗，犹是明七子家法。"此诗可见其一斑。诗人还有《送陈虎候进士还润州》《送温陵张永卿都督迁官成都》两首送别诗，同样写景抒情，情真意切，"音节抗朗"。

情趣高雅，悠然自得：邹继圣

邹继圣，字远绍，贵州务川人，康熙年间贡生，官至遵义府训导。著有《清江剩草》等三本诗集，均亡佚。《黔诗纪略后编》录其诗《闲居》《晨窗忆宋次梅》二首；《贵阳府志》录其诗《望黔灵寄赤松和尚》《重到黔灵》二首。

《闲居》为五言古风：

生平多所负，少贱苦闲居。
城临水木多，结伴通樵渔。
变迁观物理，日月悟盈虚。
茅屋双江上，涨痕落前除。
推枰云在门，好风来午余。
床头一樽酒，饮罢还读书。

作者居住在江边茅屋，樵渔、弈棋、饮酒、读书，悠然自得。同时，身处大自然中，观变迁而明物之道理，识日月而悟世间之盈虚，颇有心得。诗作语言简洁而意境颇丰，表现出诗人高雅的情趣。

五言古绝《晨窗忆宋次梅》：

宋生亦荦落，褐衣振风雅。
苦吟千载上，神存千载下。

诗友宋次梅虽因贫寒而身着褐衣，仍然孜孜不倦，苦读苦吟，力振风雅，卓尔不群。作者由此表达赞叹之情。

黔灵山是贵州的佛教名山，邹继圣写有两首与黔灵山有关的诗：《望黔灵寄赤松和尚》《重到黔灵》。《望黔灵寄赤松和尚》写黔灵山景色与参禅之心境：

自笑尘中老，久与名山别。
延目望山阁，烟光若明灭。
雨余半岭岚，向晚气超越。
猿吟岩际风，僧参床上月。
衲破寒暑忘，性寂天人彻。
孤云独去来，长年傍禅悦。

不到名山已久，由于心向往之而远望，只见黔灵山烟光明灭，雨余山岚，猿吟岩际。遥想在山中修身养性的赤松禅师，虽衲衣破烂却忘寒暑之冷暖，如孤云般独往独来却内心因参禅而充盈。诗作将景色、诗意与禅意相交织，别有一番风味。

《重到黔灵》写重游黔灵山的感慨。任凭尘世纷纷扰扰，佛门高僧依然趺坐静参，幽静超然："清幽近枉风尘辔，好让高僧独坐闲。"

决之细微，不矜不凌：韩之显

韩之显，字昭文，贵州道真人，清乾隆十八年（1753 年）癸酉乡试解元。贵州学政、抚台分别为其题额"学压南方""开泰真州"。其后三次参加礼部春闱未中，回到故里以设馆教授乡民终其一生。所著《韩之显文录》已散佚。郑珍在《播雅》中介绍他："昭文生颖异，嗜读书，言行不稍苟简，为程艺深得先型。"《播雅》录其五言古绝《登罗蒙山》：

高高上云际，时见虎豹迹。
采药不逢人，倚锄坐幽石。

罗蒙山在正安城南六十里，可以远眺罗蒙县（唐代在遵义置罗蒙县，治所在今绥阳县境）。罗蒙山幽寂高峻，时见虎豹，人迹罕至。诗人登山采药，如上云际，不见路人，拄着挖药的锄头，坐在石头上休息。诗作清新自然，表达出悠然自得、恬淡自适的心境。

郑珍在《播雅》中引录了韩之显的一段论述："文字深浅因乎根柢，优劣分乎学术。即如归唐并称，归则儒，唐则侠矣！金陈并称，金则王，陈则霸矣！"郑珍评价韩之显的这段论述："其言决之细微，可征所诣。"《道真文史资料》第4辑刊载的韩之显癸酉乡试中解元的三篇应试文稿《非礼勿听，非礼勿言》《以武王为子》《民非水火不生活，足矣》，体现了"其言决之细微，可征所诣"的文风。[①]

如《民非水火不生活，足矣》取孟子语为题，论述水火与民生之关系：

上古之世，民艰于生，即水火尚非至足之时……水火之于民，至贵矣哉！顾有时见为甚贵者，一日无水火，则生活之机息；昏暮无水火，则昏夜之投必殷。相需之急，在朝饔夕飧之下，何郑重，何爱惜也！有时而不见为贵者，朝夕求水火，而朝夕有必给之情；昏暮求水火，而昏暮无逆拒之意。相恤之殷，不竭于告凶告匮之年，何公溥，何滥予也！

在文中，"水火"实际上是民生所需之代名词。"水火之于民，至贵矣哉"，强调民生所需的重要性。但是也有轻重缓急之分，不能有求必应似的"滥予"。只有到了物质丰富之时，才会出现太平盛世："谓区区水火之既足，遂睹太平之景哉！"在试卷的后面，有几位主考的批语。"大主考，史批：古致历落，不矜不凌"，"大

① 史廷昌：《仡佬故土风》，内部刊印，2009年，第84页。

主考，李批：历法浑成，大家风范”，“房评：以逸气写远神，沉郁顿挫，俯仰揖让，穆然欧阳子之遗矣”。肯定了韩之显“大家风范”之才情与文章“历法浑成”之论证。

旷达通脱，形象生动：成世瑄

成世瑄，字师薛，号琨圃，又号兰生，贵州石阡人。清嘉庆二十二年（1817 年）中进士，入翰林院庶常馆为吉士。二十四年授翰林院编修。曾任浙江衢州知府，代理两江总督。成世瑄与徐培深、张海澜同于清嘉庆二十二年中进士，被称为“石阡三杰”，亦称“石阡三先生”。

成世瑄所著诗文大多散佚，仅存诗二首。《黔诗纪略后编》录其七绝《题潘四梅梅花书屋图》，《石阡县志》录其五言古风《将军岩》。《题潘四梅梅花书屋图》是一首题画诗：

琪花曾记览蓬瀛，玉检犹潜枝上清。
窗外春寒浑不觉，一庭香雪读书声。

前两句描写书屋美丽动人的梅花图，犹如蓬瀛仙境；置身于梅花书屋，满屋梅香，不觉春寒料峭，读书声更衬托出书屋的盈室馨香。诗作旷达通脱，形象生动，颇见功力。

五言古风《将军岩》：

岩高路要高，上岩不循麓。
一径蹑其天，梯接可容足。
玲珑百尺楼，中有道人宿。
道人横天趣，赌酒能餐肉。
岩下南来客，惊望浮图矗。
云扉不可到，犹疑仙人屋。

将军岩高峻峭拔，犹如登天之径狭窄陡峭，只可容足。如此险峻之山崖竟有道人宿的“玲珑百尺楼”，以及高高矗立的“浮图”。将军岩之险峻峭拔，道人之“横天趣”，“南来客”之感怀，融汇在这登山的旅途之中。诗作通篇用仄韵，描写精当，自然生动，读之宛然在目。

现代作家文学

清末，西学东渐，图书、报刊成为传播新思想的载体。在仡佬族主要聚居地的贵州，开办了官书局，出版了报纸杂志，创办了学校，以传播知识、开启民智，推动新思想、新文化建设。抗战时期，贵州成为大后方，大批高校及新闻单位迁入贵阳、遵义等地，对仡佬族地区的教育发展、社会发展产生了积极影响。[①]

这一时期，汉文化在仡佬族地区的传播和影响力很大，主要是外出求学、考试、教学，以及中文书籍的传播，影响着仡佬族文学。在仡佬族地区逐渐形成了崇尚文人、文人救国、发布进步文章等现象，许多有才华的仡佬族文人留下了珍贵的文学作品，但由于时代、时间的原因，大多数文字未能保存。

从清末到民国初年，这一时期的文人经历了社会的巨大变化，大多具有进步思想，无论是为官还是从文，都受到“三民主义”影响，具有强烈的爱国主义情怀。受白话文运动影响，仡佬族书面文学也发生了巨大变化。寿生，是最早接受新文学形式的仡佬族作家，在北大求学时他用白话文创作文学作品，开创了仡佬族新文学创作先河。这一时期仡佬族作家的作品多揭露现实生活中的黑暗现象，描写人民的苦难，有对传统的决裂，也有对劳动者的关切。

① 据统计，抗战期间 11 所高校迁入贵州；贵州出版报纸 187 种、刊物 184 种，成立通讯社 26 家。参见马骏骐等：《贵州文化六百年》，贵州人民出版社，2014 年，第 424~441 页。

匡时济世，悠见南山：聂树楷

聂树楷（1864—1942 年），字尊吾、得庵，晚号鳌园居士，贵州务川人。清光绪甲午科（1894 年）中举，第二年入京会试，慨然参加“公车上书”签名。清光绪二十四年（1898 年）回到贵州。1913 年担任兴义县知府时被举为贵州全省清廉六官吏之一。1915 年，改任毕节县知事，后任省公署秘书。1919 年任《贵州通志》分纂。1920 年他不愿卷入政治旋涡，辞职返乡，一心著书立说，著有《鳌园诗剩》《鳌园词剩》《鳌园文剩》《鳌园诗钟》。

《鳌园诗剩》自序记载了聂树楷一生的创作情况和心态：

余自童幼，即喜为诗。及壮，浪游南北，足迹所至，辄有赋咏，计所存稿不下五六百首。辛亥昆明一劫，只字无存，回黔后，鞅掌簿书，刻无宁晷。丁巳以还，分纂省志，重理篇籍，间事讴吟，编为《鳌园诗剩》。蜉蝣身世，鼙鼓乡关，交集百端，抑郁谁语？偶然命笔，亦穴篱之病蟀，抱柳之寒蝉耳！虽善鸣，谁乐听之？然暮年心血，固不忍其再有散佚也。

早期，聂树楷吸收各家诗词创作特点，模拟创作，因文本的缺失，早期作者的思想感情、创作情况等无从了解。在他的诗文中，或隐或显地有着辛弃疾、苏轼的影子，这可能与他鲜明的性格有关。

如《满江红·题彭公武〈柳阴觅句图〉》：

依水名园，摹何氏山林入画。轩窗外，垂杨万缕，绿天无罅。位置琴尊长远俗，浮沉瓜李宜消夏。只清风喜伴故人来，余都谢。招词侣，乘多暇。飞逸兴，开吟社。斗尖叉竞病，句同珠价。作势推敲参岛佛，写真神妙逢曹霸。恰比邻，路曲有流莺，声娇吒。

《扶风寺观梅用东坡〈松风亭〉韵》《书蔬农五十九岁感怀诗后》等诗篇以散文化的笔法写尽了人生的常态，人民的苦难。

聂树楷五十六岁以前，兴办教育、从政做官，“民九事变”后卸职，在贵阳城南定居。辟园种地，名为磬园。年近花甲，将主要精力转为写诗著书。在他的诗歌中，具有匡时济世的理想抱负，又有“悠然见南山”的情怀。

如《水龙吟·题画寿杨覃生，代同社友》：

曾经藻绘承明，如今闲却雕龙手。金台烟锁，铜仙泪泻，河山非旧。琼晏簪花，仪曹载笔，可堪回首。算壮游并陇，远寻壶峤，都一梦，归乌有。

买得城南十亩，启轩窗，山明水秀。看云脱帽，听泉倚杖，茶前酒后。世外闲身，人间清福，尽堪消受。展云林半幅，丹青不老，为先生寿。

聂树楷笔下写女性的文字让人赞叹，读之，一位女中豪杰跃然于纸上，尽显黔中大地女儿“妙笔欲与曹吴争”“宝马雕弓呈绝技”。

如《题播州杨氏女昆仑策马图》：

君不见松桃杨莲之，年方十六昌其诗。又不见黄平杨宜娘，曾以武宜名其乡。播州奇女亦杨氏，宝马雕弓呈绝技。夺得昆仑奏凯回，奇功乃出娟娟豸。杨家三女黔中英，播女战绩犹轰轰。……

再如《〈百岁坊诗〉六章·为兴义刘如渊母石太夫人作》：

刘向传列女，开篇首母仪。南丰作叙言，谓为王化基。古来圣贤与豪杰，率由母教陶成之，君不见是石太夫人女中师。

还有《毕节杨孝女诗》《昭通龙女士志桢诗》等，在这些诗篇中，未见吟弄风月，但见巾帼佳人。

长于诗赋，首选文集：申伯符

申伯符（1900—1978 年），曾任贵州省江口县科长，后坪县司法官，长于诗歌赋。

《南园纪事》（手抄本）共三卷，卷一成稿于清咸丰、同治年间，为务川申绍伯编写，手抄；卷二、三为申伯符续编，成稿于民国时期，手抄。《南园纪事》选载了务川县 23 位仡佬族作者的 50 多篇作品，是第一部仡佬族文人文学作品集。2006 年，根据务川县档案馆藏的手抄原始稿本汇编在《务川旧志汇编》中。《南园纪事》7 万余字。申绍伯在《南园纪事》中说："按务邑文事武功砰訇彪炳者颇不乏人，只以县志千余年失修，遂致县籍有证可稽之名人，亦为他县窃有，后世转载相传，亦竟无人揭证其非者……故余今照古著更订，并附录各著于后，希望后之编县志者，有所借鉴焉。"

抨击弊端，代言乡土：寿生

寿生（1909—1996 年），本名申尚贤，贵州务川人。其祖上家学渊远，先祖申祐曾登进士，官拜四川道御史。幼时家庭富裕，6 岁进私塾，16 岁到省城贵阳求学，考入贵阳省立一中，受五四运动新文化的影响，1929 年寿生与好友赴京求学。1934 年至 1936 年，他在胡适主编的《独立评论》上发表了 12 篇时论，11 篇小说；在《国闻周报》上发表了 1 篇小说；在《风谣周刊》上发表了他搜集的贵州歌谣若干首和论文。1937 年北平沦陷后，寿生回到故乡。

寿生是贵州省 20 世纪 30 年代活跃在北京的著名现代文学作家，与沈从文、沙汀、艾芜等一同被列为写乡土小说的知名作家。其创作的小说和时评作品，深得胡适等学者的肯定。他的小说深刻地揭露了当时残酷的社会现实，带有强烈的批判性。小说《乡民》中，有四位乡民被误认为是土匪，其中三位乡民被剥掉上衣，趴着捆在板凳上，举行活人祭奠：

每条凳的四只脚都用索子扯着，任他们在上面怎样蹦，凳也不会倒。他们如被杀的猪似地惨叫……三个光背的军士去取了六对燃着的烛来，另外的三个就在每人的肩上和屁股上刺了四个洞，将烛插上。血滴滴答答地滴得满地。叫的声音也更凄惨：求速死呀，求速死呀！老天！又拿了三炷香来，又在每人背上刺了个洞，刀刺在背上扎扎扎地响，在血洞中插上香，叫声更惨而弱了。

还有一位乡民受伤走不动，“多屯一步，屁股上就要多挨一刺刀”。他的这篇小说充满了血腥，也怒斥着那个人吃人的冷漠世界。

寿生在《求生的协力》《活信》《凭藉》中也用这种直白式的描写，揭露了当时社会的无情和人性的残忍。《活信》里，一个年轻土匪忍受不了折磨逃跑了，被抓回来后，被土匪们刀割：

“你们依头至尾一个一个去割他一刀，手软的枪毙，割下来的肉丢进桶里。”队长吩咐后，排头第一个大汉面无人色地走过去捡起刀，大汉把连撕带割下来的肉，狠命地丢在桶里，那肉还在一颤一颤地跳。

作家把那个人吃人的时代不加修饰地描述出来，震撼着人的内心，让人悲愤，以期激起人们的反抗。

在寿生的直白式的描述中，不乏对人性的拷问。《活信》是一个系列小说，讲述一个天真活泼的女学生，在路上大呼了一下某男生的名字，便被校长和家长说她辱没家门，最后女学生选择了自杀。对于她的死，学校和家长表现出来的也是冷漠：“死有重于泰山、轻于鸿毛，这算什么呢！”小说满怀作者对女学生的悲悯和同情，也拷问着掌握社会话语权的校长、家长的灵魂。

寿生的作品还对社会的丑恶进行揭露和解剖。《黑主宰》写毛宝为了替父报仇，跟王道人学武艺，王道人用鸦片文化来熏陶毛宝，导致毛宝染上了鸦片。小说中精致地描绘了吸食鸦片的烟灯、烟具等颓废文化，在诱人华丽的背后是妖艳的恐怖，最后毛宝家破人亡。小说谴责了鸦片对热血青年的吞噬，对人与社会的毒害。1934 年 11 月 26 日出版的《国闻周报》则发表了寿生的《怨声载道》：一位新县长力图革新，但得不到乡民的理解，新县长推行新政，遭遇的是民众的麻木。小说后面还有一句编辑后记："寿生先生的小说，常在《独立评论》发表，在这篇《怨声载道》里，使我们知道在旧恶社会做一个好官是不容易的。"《新秀才》《管束》《过去，现在，将来》通过对当时教育的描写，揭露了社会发展弊端。《管束》讲述了一位母亲把儿子逼疯的故事，作者说："我们的社会本是一个疯人制造厂。"

寿生唯一一篇没有写自己家乡的小说是《二十三年代》，这篇小说以川滇黔藏陕甘出入长江商品聚散地、被作者取名为"桐尖"的小城市民的生活为背景。小说对银行挤兑银圆的风潮作了深刻的描写："洋纸的价比起银子是太贱了。一刀纸放到机器上去几下就是多少万。银行尽量利用机器。"市民们"虽各自穿得有衣，但已经成肉贴肉的一节香肠"，"由他血肉模糊，由他死亡，由他呻唤，挤的还是要挺进"。寿生的小说涉及面是广泛的，有社会、经济、政治等方面，他用犀利的笔触，一针见血地揭露社会的弊端，揭露在时代发展的历程中，社会的顽疾。

北大歌谣研究会恢复工作后，寿生参加了胡适等人发起组织的风谣学会，在《歌谣周刊》发表有关贵州的歌谣、民间故事、论文等十多篇（首）。他收集的歌谣向外界展现了贵州家乡的民俗民情。歌谣本身具有丰富有趣、朗朗上口的性质，寿生收集的歌谣和他的小说一样，揭露着社会的现实。如号头："清早起，早早起，头不梳，脸不洗，搬起鼓儿就走起。"讥讽主人歌："太阳出东门呐喂，主人叫工程喽喂，工程来得早呵喂，挨住不下田嘞喂，将自才下田喽喂，薅齐少午阵嘞喂，二场拿是你呀喂！"民歌中家乡方言具有地域特点，如“将自”意为“现在”，“少午阵”指中午到下午之间，“二场”意为“以后”，“拿是你”意为“给你”……这首歌谣唱出了民工干活的一个过程，也反映了民工干活后不能及时得到工钱，主人将“二场拿给你”的社会现实。也有反映黔北男女感情观念的歌谣：“远望情妹白如云，好比后园豇豆藤。心想伸手掐一爪，又怕小娇乱骂人”，“大路不平石板薄，石板栽花花不活。石板栽花花要死，九个小娇靠不着”，“老远望妹穿身绿，手头提起半斤肉。想要与她打平伙，可惜人生面不熟”。胡适在文后记中说：“著者是贵州人，文中例子的字音腔调当以其方音读之才能表现。”

寿生的时论作品中具有强烈的批判精神，这种精神让寿生在文坛上骤然闪光，通过他的这些作品，让我们看到了一个积极向往民主政治并具有忧国忧民情怀的青年。他的小说如此，他的时论文章更是如此。他在《试谈专制问题》说：“中国已经乱得够格了。而想做土皇帝的人，现在都有，故吾人不顾愚昧来试论此问题，希望人知道做土皇帝已不可能；全凭武力来统一徒延长战祸。欲行专制，只有‘旨趣专制’一途可走。因‘旨趣专制’是积极的，今时代的，顺人情的。”他提出的“旨趣专制”观点，至今对研究者仍有参考价值。他的《做好做歹连拖带打》是一篇关于外交方面的文章，展现了他维护国家利益的观点。文中，作者认为我国的外交人员在与外国建立外交关系时，要学习张子房，而不要学习项伯：“项伯因亲善而不惜把自己的国家卖掉。子房因亲善而利用之，以打倒敌人，固定了汉家的基业。”《我们要有信心》一文是针对当时“中国不亡是无天理”的悲叹论调来写的，以鼓舞当时中国在日本帝国主义的侵略下，对中国的前途感到无望的人。文中分析了中日文化区别，既指出中国希望之所在，又提出了实现希望的方法。

记录战事，撰写文史：熊先煜

熊先煜（1913—1999 年），字继璜，贵州道真人。幼年时，其父熊鹏飞被四川股匪杀害，于是立志挣脱苦难。他远离家乡，投奔正安、贵阳亲友，靠亲友资助上小学、中学。抗日战争爆发后，毅然投笔从戎，入黄埔军校洛阳分校成为第四期学员，继入陆军大学成为第五期学员。毕业后，曾任国民党军队参谋、参谋主任、团长、49 军 275 师参谋长等职。1938 年，他在国民党新八师服役，指挥了炸黄河大铁桥、花园口决堤等影响抗日战争局势的惊天战事，他的《抗战日记》记录了这些战事。1958 年转业地方，曾任重庆市第八届政协委员，重庆市文史馆馆员。退休后，与其妻佟亦非合著《冯玉祥的故事》，主编《佟麟阁将军》，编成《卢沟桥抗战诗词选》，著有《白果诗集》。此外，还撰写抗日战争、解放战争等方面的文史资料百余万字。

《卢沟桥抗战诗词选》由熊先煜、张承钧主编，分为“卢沟醒狮”“英烈千古”“胜利祝捷”“附录”等篇章，发出了“血腥教训应牢记，国盛才能保国安”的共同心声。熊先煜的《扫墓四首》《纪念先岳佟麟阁将军》《卢沟桥四首》也收录在其中。《卢沟桥四首》其一：“永定名河跨彩虹，雄狮百态夺天工。烟云过往眼边逝，倭奴罪行刻脑中。”其二：“又来战地吊英灵，共话当年意难平。借问忠魂何处去，吴刚美酒宴天庭。”

诗词对联，辑录成书：梅应魁

梅应魁，其收集整理的《濡水园诗词》收录仡佬族文人所作诗词 220 多首，《濡水园对联集》收录对联千余副。这些对联记录了诸多社会现实和历史信息，有抒发对父母、兄妹感情的，有修身养性的，也有对道真一带丧葬习俗进行描写的。

《濇水园诗词》中收录了赵海深的诗词。《咏笔》是赵海深诗词其中的一首：

几锋犀利似奇珍，搦管挥毫不让人。
落纸如烟真绣锦，千钧一扫太平军。

除诗外，梅应魁还记录了许多墓联，如《黄朝霸杨氏墓联》：

山高呈壮气
土厚产奇英
四面云山围锦绣
千秋簪笏拱明烟
明达于斯访故迹
盘桓是处相前人
崧岳效灵踵秀于是
山川献媚发迹在斯
前柜岩后厢城生城画圃
左撞钟右挞鼓于乐辟雍

该墓联位于三桥镇，题写于 1917 年，作者为墓主黄朝霸，是一名清末庠生。

此外他还收集有许多庙联，如《锁龙庙联》：

锡丰保庶德播洛龙
斩孽降魔功留灌县
前镇波涛永清西蜀
今沾福泽流化南黔

当代作家文学

中华人民共和国成立后，仡佬族文学取得了长足的进展。特别是改革开放后，进入新世纪以来，仡佬族作家的创作风格发生了较大的变化，创作内容不断拓展，创作技法日趋多样，呈现出异彩纷呈的态势。

当代仡佬族文学经历着由传统文化向现代性转化的历史过程，文学创作呈现出多元化、多样化的发展势头。仡佬族作家们在价值取向和艺术表现手法上随着文学观念的变革有所变化，对民族生活的表现也从重在表现风俗风情等外在特质，深入到发掘民族文化的深层心理结构。他们的艺术个性更加突出，审美追求和艺术探索各不相同：或以地域的历史记忆、文化积淀为出口，体验贵州边地风物和民间苦乐，透射出乡情、亲情与文化认同；或以神秘文化想象性出发，挖掘人性的深度和民族生活的具象，以此表达对生存环境的忧虑；或从历史中提取写作灵感，在历史的进程中寻找本民族的文化位置，挖掘贵州的文化渊源、历史演变，关注历史背景下文学、文化所散发出的内在价值；或关注作品的诗意内涵和内在张力，试图展示不屈不挠的民族精神，坚守着人间的至真、至善、至美，考量人生、理想；或以朴素的语言、真挚的情愫描写心灵的救赎和生存的苦难，思索民生的冷暖与人间的爱恨，表达对故土的眷念与对乡亲命运的深切关注。

当然，在世界文学大背景下，仡佬族作家应该，也必须在坚守本民族的文学风姿与品质的基础上，海纳百川，汲取优秀的文化营养，拓展文学创作空间，以此表达鲜明的中华文化立场和审美风范。

“三农”情怀，乡土风情：戴绍康

戴绍康，出生于1946年，笔名弋田，贵州贵阳人，中国作家协会会员。他于1979年开始发表中短篇小说，有作品被《作品争鸣》《小说月报》转载，并被《新时期中国少数民族文学作品选集·仡佬族卷》收录。曾获首届贵州省文艺奖。

戴绍康是最早关注“三农”问题的当代仡佬族作家，他在1981年发表于《青春》的《罗寨风情》和1982年发表于《山花》的《梁子上人家》，表达了农民对包产到户的心理、态度，以及对精神世界的追求。可以说，这两部短篇小说较早地以文学作品的形式透露出农村变革的讯息。随后，他的作品试图反映仡乡苗寨的农民命运与农业前途，展示他们在新时代的欲望、追求、坚韧、茫然，特别是摆脱贫困的强烈而又执着的内心渴求，充满着多种主题的复调式表达，呈现出具有黔北山水雄浑深沉的阳刚之气。他关注改革开放政策对农民的精神及生活所带来的巨大影响，叙写农民内心那些躁动、渴望与追求，关注生态环境。这些作品主要收录于短篇小说集《在故乡的密林中》和中短篇小说集《塬上风》。

戴绍康的中篇小说处女作《在故乡的密林中》于1984年发表在《山花》第2期，被《作品与争鸣》转载，引起了界内热烈的讨论：落脚寨的杨矛与心爱的姑娘九妹冒着生命危险深入到险峻的九重坡挖树疙蔸（树墩）、蒸柏香油，杨矛的“手上全是血泡，虎口也震裂了”“牙龈仍在出血，吐出来的唾液不是黑色，便是红色，就连咳出来的痰，也带着黑色的烟炱，脚上的裂口，遇到天气变暖，最深的几条已经开始溃烂”，九妹的“手上常常烫起焦黑的伤痕，衣服、头发也烧了许多”“那件崭新的汗衫，早就破了，胸前挂着的，几乎就是几根布条”……这对拼命劳作的年轻人所期望的，就是能作为“万元户去参加县里的劳模大会”，过上体面、幸福的日子。虽然靠山吃山一直是山地农民生存的法则，但这种杀鸡取卵的致富方式，父亲杨大昌坚决反对，致使故事始终贯穿着父子的矛盾冲突。但即使面临种种不祥之兆，杨矛仍一意孤行。带着历尽艰难获得的价值一万五千元柏香油的杨矛在即将走出故乡密林时，却连人带油被突发而来的山洪卷走了。所幸的是，杨矛最终在“河水已经完全变成黄色，像凋稠了的鸡蛋浆”似的激流中挣扎出来了。那么，杨矛究竟是新时代有商业眼光的农民，还是敢于征服自然的农村新人，或是违背科学知识、肆意掠夺践踏山林、破坏生态平衡的无知者？想必读者阅读之后会有自己的看法。可以说，这部作品展示了人与自然、理想与现实、文明与愚昧的冲突，体现出作家的超前意识和人文情怀。

发表于《山花》1991 年第 1 期的中篇小说《塬上风》，是戴绍康最具风格的代表作。这部作品的最大特点就是通过独特的叙事方式和语言风格为地域文学带来了别样的现代气息。戴绍康用娴熟的叙事语言、自语式的内心独白、灵巧的时空转换，精心建构时空维度、交代故事背景、推动情节发展。主人公“我”是个戏班女子，因为祖祖对“我”说：“去吧，孩子，你的夫君在也纳。”而且“我”父亲的两任妻子（其中就有“我”的母亲）都出生在“也纳”，于是，“我”从年轻时就有一个梦想，那就是到“也纳”去，到这个心驰神往的圣地去邂逅爱情。“当我们艰难地回到普字驿的时候，在祖祖那一间黑暗的、棺材般的小屋里，我终于见到了龙小胜。从此，我们的剧团又多了一个英俊的小生。”有情人终成眷属，让一个自带悲剧气质的爱情故事，有了一个圆满结局。“我”寻爱历程的所见、所闻、所想，伴随着草台戏班的世事沉浮，沧桑多变。作者把身处历史洪流之中的生命个体刻画得栩栩如生，将人间的世相百态、人性的美丑善恶以细节表达得淋漓尽致。戴绍康从不同角度、用不同手法的曲笔铺垫来烘托一个假托的地名“也纳”，明眼人一看便知，“也纳”就在“仡佬之源”—— 黔北腹地务川仡佬族苗族自治县的土地上。但小说又有意虚化地域性，让地域的表达模糊朦胧。小说以《塬上风》命名，或许是戴绍康想要跨越疆域的藩篱，冲破黔北的狭隘，漫卷历史风云，展现华夏文明的“塬”上之“风”，从而拓展内涵，让表达的空间更为广阔。

作为仡佬族作家，民族密码一直在他的心中萦绕，因此戴绍康的许多作品表现出明显而突出的民族特性和地域特征。中短篇小说集《塬上风》1991 年获首届贵州省文艺奖。其中《滚厂》就取材于盛产水银的丹砂古地—— 务川，这是最早掌握炼丹技术的仡佬族居住地。这块土地需要用知识、用文化去匡正。于是，只有初中文化的茂仙就拼命“滚厂”，想在废弃的汞矿坑中获得经济支柱，以实现教书办学的理想。但理想是丰满的，现实却是骨感的。茂仙“滚厂”的地点，是由于污染严重而被废弃的旧矿坑。污染严重的采矿业，却是生活于此的仡佬族村民的旧业、祖业。精明、能干的茂仙，仍继承祖先靠山吃山的生活理念，承受着污染之害。深爱茂仙的太乙虽然实现了自己的理想，顶替父亲当上了民办教师，但并没有得到应有的待遇。心中有爱、手上无力的他被茂仙强制带离学校来到采矿场后，虽能理解茂仙，却无法融入采矿工作，因为他始终认为自己的舞台在学校。终于筹措到修建学校的钱款，满怀希望的他们却得到了汞矿洞轰然垮塌的噩耗，虽然没有伤及人员，但他们的理想，会不会随着汞矿洞的垮塌而消失呢？茂仙是在追求文化，还是缺乏文化呢？中国少数民族作家学会秘书长、著名评论家白崇人认为：“《滚厂》以特有的艺术视角为读者展现了少数民族偏远山区在历史进程突变时的真实情景：新与旧交织，开化与愚昧并存，兴旺与混乱杂糅，美的升华与丑的陨落相伴，欢乐与痛苦共生……一切都处于动态之中，一切又都不是按照某一公式在演进。这就是一个少数民族山区闪耀着时代之光的、呈现着独特色彩的、真实鲜活的现实。”[①]

中篇小说《鼓手》，描绘了仡佬族“薅打闹草”的古老风俗，以此展现出劳作中充满歌声的诗意场面，体现出原汁原味的仡佬民族风情，表达了仡佬族人民对宁静、悠闲、安宁、和谐生活的向往。

《地热》也是中篇小说。由于“龙池坪的日子还是老样子，一年四季都在为嘴巴忙碌”，为了爱情，为了尊严，为了活得更有意思，田广听从了父亲四老倌“凡是有出息的黄牯，都要到山上去断奶”的教诲，毅然选择离乡参军。部队的锻炼让田广打开了视野，退伍归来后，他决定带领村民改变命运。虽然他也想着靠山吃山，但与杨矛的竭泽而渔和茂仙的以命换钱完全不同，他考虑的是通过树立商品经济意识，改变村民传统观念，将过去用于人情、没有经济价值的劳动力转换为商品，壮大经济实力，并充分利用当地自然资源，开发当地地热资源，村民们逐渐形成了开放意识、资源意识、效益意识、竞争意识等现代意识，由此富裕起来了。但戴绍康又担忧，今后是否会出现“大家都认钱不认人”的现状呢？

透过一幅幅富有鲜明特性的黔北山乡图画，读者可以从仡佬族人与命运抗争之中，看到在现代化进程中，“摸着石头过河”，探索前行之路的艰辛与坎坷，思索人类与自然、人类与生态、人类的物质需求与精神需求、民族心理与民族文化的关系，感受到社会发展与社会代价。

戴绍康的短篇小说《帽筒》充盈着浓浓的乡土气息。乡民政干事老帽（本名叫张大藏）官瘾很大，他回家后都会把帽子摘下，罩在桌子上的那个帽筒。“这个帽筒我仔细看过，出自大清官窑，他父亲土改时分得的丁等胜利果实。老帽虽不懂文物，可听我说过，这帽筒是专用来放乌纱、顶子的，于是，老帽便对这帽筒另眼看待，里边装重要东西，如党费证、选民证、工作证以及各种票据、公章。

① 白崇人：《从戴绍康〈滚厂〉得到的启示》，载《山花》1988 年第 2 期。

因为有帽筒，老帽戴帽子特别讲究。春天戴白丝草帽，夏天戴太阳帽，秋天鸭舌帽，冬天皮帽，至于那些流行过一阵子的呢帽、军帽、八角帽，都被淘汰。”因此当他那要泼的女人，将帽筒使劲往地上一摔，“‘咣当’一声，帽筒破成碎片”，“老帽一见帽筒碎了，浑身软下来，坐在地上，我知道他心里有多苦”。作品的最后，“老帽本来就该娶荀桃花，前些年他穷，才娶了现在的老婆，我们富了，可他还是穷”，一语点出了老帽的情感沉迷。各具情态的人物、幽默风趣的语言，让作品具有张力。

此外，戴绍康的评论有着真情实感，如《灵魂之路—— 忆寿生先生》发出的肺腑之言：“我只说，远山已阅，好琴长鸣心间……生死无视，大爱纠结。”表达其博大的情怀；而他的散文，如《麻阳河洗礼》《奇兰》表达了对自然、对生态、对人性的关注。

书写乡土，呈现生机：骆长木

骆长木，出生于 1951 年，贵州道真人，贵州省作家协会会员。他于 20 世纪 70 年代开始发表小说、诗歌、散文等文学作品，曾获第二届全国少数民族文学创作优秀作品奖，是中华人民共和国成立后第一个获得全国性文学奖的仡佬族人。

骆长木的短篇小说处女作《故事，在哪儿结尾？》发表在《山花》1983 年第 6 期上。作为一个反封建的题材，骆长木推陈出新。苏同志与比他长十二岁的妻子离婚，由屈幺公“搭桥”成为屈氏家门的女婿，苏同志门市部对面寡妇犬嫂家的那个 13 岁的水灵可爱的幺女屈月，在犬嫂家门槛被踏平后也由屈幺公保媒许配给苏同志家安子，16 岁的屈月“把先前苏家送过去的东西，一一地退得不留半根丝线”；面对流言蜚语，屈月爱着的云生告诉她：“走自己的路，让旁人去说吧，对于一个有志向的人来说，最重要的就是同愚昧作斗争，向老观念挑战。”当云生当了汽车兵后，人们便同犬嫂家亲热起来，却发现屈月的脸色不怎么好看了，原来云生要在部队提干，嫌弃屈月了；当得知蛮子只图“她来抱几窝崽，管她好不好”，屈月第三次退了婚；直到遇见了根生，屈月才终于找到了个“把我当人的人”，但屈月出嫁随根生来到他家门口时，却见门上挂着锁，根生的父母不知到哪去了。骆长木感叹道：“屈月的故事，该在哪儿结尾呢？”可以说，这把象征着封建残余势力的“锁”关乎“屈月”们的命运，“屈月”们的故事由这把“锁”来把控，不砸烂这把“锁”，“屈月”们是没有出路，没有前途的。该作品荣获第二届全国少数民族文学创作优秀短篇小说奖。

得此鼓励，骆长木在培养基层作家的同时，又发表了多篇小说。《出嫁》中，珍终于要离开穷困的苦竹坎，出嫁到山的那一边去了。但此时家乡正在变得越来越好，珍心存对社会主义的感激之情。出嫁前，珍尽力做好每一件事，她的内心有着对亲情的不舍、对故土的留念、对新生活的向往、对五保户的关爱、对家乡即将变化的祝福。她的善良，她的豁达，让她在出嫁时收到了满满的祝福，所有人“祝福着从苦竹坎走去的新娘”。而“桂花姐呢，在岩口等着她”，或许等着她把生活越过越红火。《雪落黄昏》中，有个怪人孟老汉，“或朝露晨月，或日落黄昏，或炎炎晌午，都看见他在楠木坳四野寻找”，却从不告诉任何人他在寻找何物，就算是被批斗了，不久后他又开始寻找。他的执着，让机灵的火二想起了过往的故事。一时间，楠木坳的人们也开始参与刨掘之中，而此时，孟老汉却悠闲地待在了家里。但当他听说楠木坳的人们都泄了气，“‘泄气？老子找了几十年都没有泄过气。’（孟老汉）说过了，又将小锄头提起，走进了山塬”。然而，火二一席话点醒了孟老汉，也让孟老汉充满了内疚，感到辜负了嘱托，“当有人终于在雪地里找到他，他好像是睡着了……人们，无法取下他手中的小锄头……现在，楠木坳的人们说，他们时常看见那瘦长的身影还在山谷中游走，还在四处寻找”。发表在《红岩》1987 年第 6 期的《在那一个山寨》里，那个为了苗家的强盛与发达而兴建学堂，教娃认字念书、自尊自爱、自强自立的苗家阿妹阿月认为，“不能继续用愚昧的石块，加固心灵上的寨墙”。所以她要破除祖辈沿袭的生活方式和准则，嫁给山下的汉族人，这在寨子引起了轩然大波，有主见的寨老华三公也因此“撇下儿孙们走向崖洞里永远休息去了”，“弥留之际，他却说，错不在阿月而在他自己，希望大家不要为难她，好好地把日子过下去”。最后，阿蓉跑来告诉阿月，阿木哥到山下乡场去了，或许阿月会如愿以偿。这些同样的乡村题材，被骆长木演绎得非同寻常：无论是苦竹坎，还是楠木坳，抑或磨盘寨，都显得既遥远又亲近，古老而宁静的寨子，让人依恋，又让人试想着改变，改变落后的面貌，改变愚昧的观念。虽然结尾有着不确定性，但终于还是向现代文明迈出了一大步。

骆长木的散文创作的话题大多也离不开家乡。他为贵州电视台拍摄《仡佬族》所创作的解说词《岩匣人家》，富有诗情画意：“听说有一户仡佬族人至今仍住在岩匣，以为这是传说。切近了，一仰头，才叫人一阵惊奇一阵感叹，看它塞在岩匣之中，扁扁如一盒火柴，不禁让人想起被挤压的含义。唯有那亮亮闪闪的崖滴，永恒地跌落，似断非断，仿佛就是绵长的岁月。”为改造生存环境，以杨老汉为代表的仡佬族人，在有限的生存空间中默默地奉献，他们跟随着社会的发展，追求美好的明天。

骆长木的报告文学《放梢初见叶离离》发表在 1984 年第 6 期的《花溪》上。他从日常生活出发，展示一个爱思考、有情谊、细致严谨、不讲情面、一路向前看的“离不开文学”的作家形象，在他眼里，这位作家有着竹的淡泊、朴素、雅致、通达、执拗和虚心，他仿佛看见作者这样走上了自己的创作道路：“每每重新开始一局，他都在变化着角度出子；每走一步，他都要思考，不断地变化走法，他的每一步都仿佛走得很艰难，煞费苦心。”

作为仡佬族首位获得全国性文学大奖的骆长木，在获奖后不久，便开始为研究仡佬族文化，走进贵州境内外 90% 的仡佬村寨，进行采风、调研，执笔、策划、编导了一系列大型仡佬族传统节庆活动以及大型实景歌舞剧目和仡佬族剧本。其中《拓荒夜郎的古老民族》由峨眉电影制片厂拍摄，讲述了仡佬族的故事。剧本图景文相依呈现，共同展示仡佬族的民族节日、祭祀活动、生产方式、特色产品、农耕产业、生活习俗、民间文艺、竹王崇拜，特别是展示了淘砂、炼汞、打铁、刺绣、蜡染、雕刻、咂酒、酿酒、种茶等民族工艺，还以人齿化石、简陋的石器等文物佐证仡佬族曾经遍布古夜郎，并且人丁发达、六畜兴旺。并就仡佬族人口骤然减少的原因进行了探寻，让人们了解了曾经崛起在古老而又神奇土地上的一个以濮人仡佬为主体的夜郎古国，以及这个部落王国那段如诗如画、如歌如泣、如迷如雾的历史和“夜郎自大”的典故。

不仅如此，骆长木还为一首仡佬语新歌《天光好云彩》作词，这首纯正的原生态歌曲展现了仡佬族人善良、淳朴、热情、奔放的品质，表达了仡佬族人对美好生活的向往，体现了仡佬人崇善、和谐的人文理念，正是：“满坝谷香漫过来……天光好云彩……快把新谷摘回来……快把圆桌摆起来，感恩不忘本，天地尽开怀。”

立足黔北，反思文化：赵剑平

赵剑平，出生于 1956 年，原名赵明鸿，贵州正安人，中国作家协会民族文学委员会委员，中国少数民族作家学会常务理事，贵州省作家协会副主席。他于 1978 年开始发表文学作品，迄今已发表中篇小说 15 部、短篇小说 60 余篇，共 200 余万字，有作品被《新时期中国少数民族文学作品选集·仡佬族卷》收录。曾获得全国少数民族文学创作“骏马奖”以及贵州省文艺奖，并出席过全国青年作家创作会议、全国作家代表大会，担任过全国少数民族文学创作“骏马奖”评委。

赵剑平以小说创作见长，他将情感投射在养育他的乡土上，让浓郁的乡土性、民族性、地域性及文化特色并存于作品之中，一些作品还具有独特的思辨与寓言色彩，表达出对黔北文化的深刻体会、对社会发展与民族文化守候的反思、对生存境遇与精神困境两难的探索、对人性与兽性冲突的思考、对人与自然和谐相处的向往，深刻地反映了黔北农村的历史变迁，敏锐地感知着黔北农民的心态流变，形象地再现了那些赋于黔北特色的地域文化，努力展现出黔北高原的阳刚气质，以改变黔北文学既定的柔美格局，允实了黔北文学风格的内涵。正如评论家陈建功在《赵剑平文集序》中所说："（赵剑平）小说有给黔北民间文化建档立传的作用，真正为日渐淡薄的黔北地方文化、民族文化做出了贡献。"

赵剑平早期中篇小说《峡谷人家》讲述了生活在一个几乎封闭的原始峡谷里的人们，面对旧势力的顽固与社会的历史性变革，展现出的追求与向往。许闰桃因渴望"上街去过生活"，被哄骗嫁给了一个"拐子"（行动不方便的人）；本想和丈夫好好生活，狠心的婆婆却把家里所有重担都压在她的肩上，她逐渐对现在的生活感到失望；于是她与茂林相识、相爱，进而共同生活。但许闰桃觉得自己是一个有夫之妇的晦气的女人，既担心心上人沾染晦气，又害怕自己失去心中所爱："你以后不要我了，就不如掐死我，摔在哪个硝坑头（岩洞里）。"在山洪暴发后，惊雷劈下来，巨石砸下来，发出惊骇的呼啸，象征着新世界要砸烂旧世界。这部小说还穿插了大量的民歌民谣，如："胭脂梗儿节节多，对门幺妹爱哥哥。只要哥哥人品好，不图哥哥银钱多。远看情妹在上坡，大喊三声等情哥。有心等来坐下等，要等情哥慢上坡。"呈现出黔北青年男女恋爱时那种火辣辣的、情真意切的浪漫爱情场景。

赵剑平的短篇小说集《小镇无街灯》1992 年获第四届全国少数民族文学创作奖。赵剑平的作品主要从家乡的自然环境、风土人情、风俗世相、奇人轶事中挖掘新意，并融入自己的人生阅历和生活经验，采用象征、暗示、意识流等表现手法，刻画人物形象，展示思想内容。《小镇无街灯》讲述一群年轻人从城里来到小镇实习，“他们把电影里的舞蹈搬到小学的操场上跳起来啊”！于是，封闭的小镇那种与世隔绝的状况被打破了，人的内心被外界的喧嚣激荡着，小镇似乎骚动起来，掀起了轩然大波，砣子的新媳妇梦碧也因此在这个房屋外貌相近，又没有街灯的小镇“走恍了”，上错了床。在城里打工的梦碧父亲回到小镇时买了一个低压灯泡安在门口檩子上，虽然“既不像街灯，也不像家屋照明灯，却比小镇所有的灯都要亮”。或许，这表达了一种人性的复苏与生命的张力。

他的另一篇中篇小说《梯子街》在《人民文学》1992年第9期头条刊发。外号“两支钢笔”的李佳新是个孤儿，作为高中毕业生的他在县里的支持下，回乡开办了一个阅读室，并借韩幺叔之力集资开办录像厅。古老的梯子街一下子失去了以往的宁静，变得热闹起来。虽然带子是上面发放的，但录像中男欢女爱的场景却让韩幺叔认为有损精神文明。因录像厅关闭之事，韩幺叔之女翠容与李佳新发生了争执，并在无意中发现，只有一墙之隔的两家的板壁是活动的，“这里原来是一个通道”——两代人都可以通过这块活动的板壁通道获得人性的欢愉。当录像厅几番沉浮后，李佳新说出了所有的细节：“利用三个月的保修期慷慨地承担一切风险，取得梯子街人的信任；暗地里把遥控器藏起来，制造录像机损坏的假象，促使股东不算红利而按利息退股金；串通同学设一个卖房子的圈套，把包袱扔给梯子街人。”他告诉翠容，自己也要离开梯子街。但这个又恨又爱的梯子街又将如何离开呢？他是否可以奔向自己的理想彼岸？

20世纪90年代，赵剑平还有两篇关于“羊”的短篇小说——《白羊》《杀跑羊》引起了关注。同是羊的题材，讲述的却是大相径庭的故事。《白羊》讲述的是善良的老牧羊人雨山爷与羊的故事。有一天他丢失了一只黑羊，却有一只白羊进入他的羊群之中。他一定要把这事弄明白，一定要归还别人的白羊，一定要找到自己的黑羊。

事实上，是腰子伯藏了他的黑羊。因为腰子伯无意中发现，养白羊，女儿就跑，而喂黑羊，女儿就会回来，因此，他把意外得到的黑羊视为吉祥的象征。最终，雨山爷把黑羊送给了腰子伯，把那只白羊收入了自己的羊圈。腰子伯被雨山爷感动了，他诚恳地对雨山爷说："我没有想到你放一辈子的羊子，除一头一头羊子外，你还放着别的东西，真没想到你还放着别的东西……"该作品1996年获首届贵州省人民政府文学创作奖，并收录在中短篇小说集《赵剑平小说选》（这部作品集于1997年获第五届全国少数民族文学创作"骏马奖"）。而《杀跑羊》则是一部官场小说。小说交代，杀跑羊就是"羊挨刀以后，带着血奔跑着，会把血流得很干净，那肉做出来也很香"。有股野气的林场副场长陈寅生与大家打成一片，练就各种本领，在关键时刻用路边的一把草救了身患疾病的副省长。当上县委书记后，陈寅生与同地区县级市的市委书记徐文虎暗自较量对垒，在过年时赌上了"杀跑羊"。被尖刀扎了一刀的公羊一路狂奔，闯进机关，跑进地委会客室，血淋淋地倒在省委吴副书记跟前。没想到吴副书记认为陈寅生具有百姓情怀，陈寅生因此受到了提拔，徐文虎却辞职下海了。为解决资金问题，已担任行署副专员的陈寅生不得不提议拍卖地委大院。大院最后落到了发迹后的徐文虎手里，他用大院建了一个罐头厂。有一天，徐文虎在罐头厂大院提着一把快刀 ，矫健和敏捷地"在羊群里跳来跳去……忽而白如寒冰，忽而红如夕阳"，原来徐文虎是屠夫出身。作者把那个时代干部升迁的明争暗斗表达得鞭辟入里。

赵剑平善于以仡佬族的传统的东方思维方式来观照自然，视人、动物、植物、天体为天然共生。他的许多作品都以动物为描述对象，通过人情与兽性的比对来传达或示寓仡佬族群在现代化进程中的生存困境和精神困境。短篇小说《獭祭》讲述的是两代渔夫与水獭之间的恩怨故事。曾经将水毛子（水獭）视为珍宝的老荒，现在却对其大肆捕杀，"满水阻挠其恶行并打在一起"，老荒"胆怯、孤独凄凉”“烧心的疼痛”，说：“我不过……为一副药肝……”似乎他身不由己，其中有着无奈与苦楚；而满水从一开始认为“人对水毛子有恩，水毛子对人有义，风雨河上浪中，相依相傍的，已经结下深厚的情分，要毁它取一副药肝，那是无论如何也下不去手的”，但受到金钱的诱惑，“心一横，反正从此不再做打鱼子，就借刽子手的手取了那药肝”。最后，“女毛”（母水獭）驮着“男毛”（公水獭）自焚于火焰中。

《困豹》是赵剑平的第一部长篇小说，特点是采用了兽类与人类两条线索并行的手法。《困豹》以兽类的被迫出走、人类的主动出走来展开故事情节。一方面，豹子们的栖息地已被人类破坏和霸占，并因长江流域河流的污染，导致豹子们陷入了生存困境。为了自救，年轻、健壮的母豹“疙疤老山”肩负豹族的使命，机智而又巧妙地一路向西寻找，希望能找到传说中的圣地“雪山”，带领豹族繁衍生息。但出发不久，它就被猎人设置的枷锁夹住了后腿，只得戴着镣铐和彻骨的疼痛奔命。而看家狗黑宝也因为人们认为狗会浪费粮食、会传染“狗牙疯”，被打狗队追赶。为了躲避共同的追击，疙疤老山和黑宝相依为命，甚至交配生子，产出了一只像豹又不像豹、像狗又不像狗的怪兽。另一方面，错欢喜乡三名女学生本想走出大山，重新选择生活的道路，却被小胡子以去广东打工的由头拐走。乡村教师令狐荣向东远行万分艰辛地寻找到被拐卖的三个女学生时，她们却不愿再回到家乡。家乡因两季烤烟后，“留下土岗上坑坑洼洼的炭窑”，结果遇到下雨天，导致学校被冲毁。为重建学校，令狐荣将父亲的补偿款捐赠出来。大学毕业后就返回家乡工作的木青青，在当选副镇长后，调节了几辈人的恩怨，却得罪了当地领导，受到刁难，自己的未婚妻也离他而去，他感到“被抛在荒野，找不到现实的答案，便不能指向未来”。于是，他开车向南驶去，寻找自己的未来。小说反映了大量的社会现实，如退耕还林、封山育林、计划生育、劳务输出、吸纳外资、方言俚语、民营企业、拆迁扩建、水土流失、沙尘暴、极端天气、河流污染、考试作弊、拐卖妇女、悬棺之谜、吊脚楼风情、打粉火奇景、矮子舞习俗等，表达出仡佬族乡村面临的不仅仅是物质层面的困境，更多的是精神层面的困境，希望乡村生态能够回归和谐。

此外，赵剑平还创作了一些有自己独立考量的散文。他善于寻找历史与现实的触点，多写故乡黔北——黔北的山水、黔北的风俗、黔北的人情、黔北的今昔、黔北的茶酒、黔北的文化、黔北的经济，作品表现出历史感、现实感和地域感，表达出对黔北文化发展的关怀与思考。他多部关于茶的散文，在不经意之间让读者跟随他的思绪进入到历史的浩瀚与深邃之中，展示现实的无奈与机遇，并由茶史所描绘的故乡事引出对“三农”的思考，有着独特的黔北文化风味。如《茶事二题·一个民族茶汤里的影子》里对务川油茶的起源、制作、器皿、功效进行想象和记录，并考证晋代“茗粥”与清代“擂茶”一脉相承的关系，以“但如果可能，竹作为精神喻体代表一种历史，而茶，尤其对大娄山中的仡佬族山民来说，则指向一种未来，其实也大可以为旗”结尾。《茶事二题·茶说遵义》中，更是以《茶经》《贵州通志》《遵义府志》等经典、志书为依据，陈述了遵义自古以来产茶、加工茶、消费茶、贩运茶的历史，得出“对遵义这片土地而言，茶叶之大，浓缩了时代与社会的进步、文化与习俗的变迁，却一点也不夸张”的感悟。随后，又梳理了浙江大学西迁到遵义，贵州的“茶叶科学研究所”转设湄潭，在湄潭成立“桐茶研究所”的过程，表明湄潭茶与龙井茶相似。而小叶茶则是由浙江大学引入，以龙井茶为标杆改良黔北茶，为黔北茶产业的全面振兴拉开了序幕，“奠定了黔北现代茶业发展基础，也影响了整个贵州省茶叶生产发展方向”。《红的启蒙》抒发出浓浓的人文情怀，由于人“必须经历思想上一次一次启蒙，意志上一次一次洗礼，才跟世界有一种默契，跟社会有一种融入”，所以“我们还须用心倾听，感受它们用生命发出来的一声叹息，感受那无处不在的天籁”。在《茅台高粱高又高》

中，详细描述了打造茅台高粱基地的过程，指出了学名“红缨子”的茅台高粱的特点、与北方高粱的不同之处，并介绍了“红缨子”种子的选育过程：“为进一步优选优育茅台高粱，又特地把‘红缨子’的种子送上‘神舟五号’，搭载飞船，巡游太空，对神奇的‘红缨子’进行二十四小时照射，通过基因突变创造奇迹，强化并稳定品种优势。”从茅台高粱蓬蓬勃勃的阵势去印证茅台酒蓬蓬勃勃的发展，以此展示黔北的魅力、地域特色。

赵剑平也涉足报告文学的创作。比较突出的是他 2014 年 7 月发表在《中国作家》上的《大鹏一日同风起》，次月即被《中华文学选刊》全文转载。这篇报告文学以纪实、特写的表现形式，同时融入小说的表现手法，叙写了正安县在城镇化进程中，在守望家乡与改变故土的矛盾与决心中所形成的观念嬗变。两次担任正安城建指挥部指挥长的李广勤在拆迁工作最艰难、最僵持的时候，通过深思熟虑，站在理性的高度审视和决策，最终确立了“整体拆迁，统一规划，统一招商，统一建设，一步到位”的思路。在他的影响下，团队成员共同努力，副指挥长郑继奎“紧急关头总是冲在最前面”；招商局局长青林森，“始终保持一种特有的幽默感和乐观向上的活力”；原县人民武装部部长张先仲“自学成才”，“成了地地道道的城建工作法律法规专家”；原县人大常委会办公室主任李祖泽，“凡事亲力亲为的，又仔细，又认真”；原新州镇镇长骆科茂，学会了“民间俚语，乡间歌谣，雅的俗的，素的荤的……话丑理正，语俗情真”；工程师祝恒雁“全身心扑在工程上”；加上“说话有人听，办事有人跟”的德高望重、不图名利的乡贤陈绍武、朱应举、韦复召、张毅等，积极为家乡父老尽最后的绵薄之力。使正安旧城改造拆迁工作“在骂声中开始，在吵闹中进行，在欢笑中结束”。正是这些普通、平常的中国基层干部的代表，通过顽强地拼搏，使正安县取得“零强拆，零上访”的巨大胜利。

赵剑平在剧本创作上也取得了一定的成绩。其编创的两集电视剧《娄山好汉》剧本系 1991 年根据其本人报告文学《铜像的塑造》改编而成。

踏遍青山，书写真情：何毓敏

何毓敏，出生于 1964 年，贵州道真人，贵州省作协理事。1985 年开始文学创作，先后在《山花》《散文百家》《北方文学》等报刊发表散文、散文诗、诗歌、报告文学、小说等文学作品 100 余万字，连续 9 届获贵州省“新长征”职工文艺创作奖，多次获中华宝石文学奖、贵州省文艺奖等。

何毓敏学的是地质专业，踏遍青山的愿望和丰厚文化的滋养，让他在深入火热的地质生活的同时，加深了对祖国的山水人文的了解，促使他文思泉涌、佳作不断。贵州山川的壮丽与多彩，民族文化的历史与传承，生态环境的保护与利用，故土乡愁的难舍与难离，这片土地上人民的奋斗与付出，都从他的笔端淌出。散文诗《荒原舞》中“把寒风当作舞曲，把信念当作灯光，把高原以及矗立的战标当作观众，痛快而豪迈地跳起来”，体现出地质测绘人员以苦为乐、敢为人先的精神，他们挺起坚实的胸脯，以强烈的自豪感、使命感、责任感，捍卫地质荣誉。

散文集《月亮贺卡》，以细腻而优美的笔触，真挚而深情的笔调，采撷了一串串蕴含着回肠荡气的梦想，描绘了一幅幅充满着诗情画意的图景，表达出作者对生活的热爱之情。《怀念奶奶》通过追怀奶奶的故事，回忆那段令人难忘的少儿时光，享受乡村生活的那份宁静，表达出奶奶无尽的关爱之情。其中所饱含的浓郁亲情，成为作者生命的福祉。情到深处，何毓敏吟唱道：“奶奶头发丝丝洁白，俨然高山上的千年积雪，我们精心梳理她的白发，仿佛穿行在岁月的丛林。”

何毓敏的作品题材广泛，并倾注了满腔的真情与诚挚，散文《安龙荷塘》（外三章）通过对平凡工作者的礼赞，书写着人间真情；报告文学作品《梵净山猴趣》通过写地质队员在梵净山与猴子亲密相处的故事，呼吁人们保护野生动物、保护生态环境。

多年来，何毓敏笔耕不辍，以心为文，用优美的语言，真挚的情感，飞扬的文采，深厚的哲理，吐露出自己的所见、所闻、所思、所感，品味过往，展望将来。其新作《心灵的选择》收录了他近年创作的抒情散文、游记、纪实散文和散文诗60多篇，分为："山川如画"——赞美大美世界；"故土情深"——叙写乡土人情；"地质苦旅"——讴歌地质工作；"心灵放歌"——抒发真挚情感。他坚信信念的力量，用"命运给了我黑暗的眼睛，我却用它来寻找光明；命运给了我漆黑的翅膀，我却用它来托起信念！我把这句诗，送给双目失明的业余女作家，想必是最好最恰当的礼物"，表达对盲人作家的敬佩和景仰；他牵挂着故乡的老屋，那"是亲情的流淌，是美丽的乡愁，是文化的传承"；他惊奇于"苗乡的歌是一坛醉人的酒""苗乡的舞是美轮美奂的花"，看见苗乡歌舞正翻越黔山秀水，冲过滔滔浪尖，一泻千里地朝着世界挺进；他相信，若干年后，废墟里那束细细的野菊花，"会长成一片美丽的花园，成长为参天大树，抑或一片茂密的森林"；他感受到阳光般温暖与明媚，"音符开放的花朵，正溢出清香，仿佛盛开时至高无上的圣洁，让我们一生品尝"；于是，在散发着芬芳的金秋季节，他梦想"爬上那一树树、一枝枝、一片片枫叶中间，摘下灿烂开放的星星，照耀自己心潮澎湃的旅程"；他正是感悟到苗乡绣娘们的执着与对民族传统文化的坚守，才诠释出多彩贵州"生机盎然的苗寨其实就是一幅巨大的刺绣作品，是绣娘和她的亲人们用一砖一瓦、一土一木绘就的，生动地镌刻在多彩贵州和祖国的版图上"。

何毓敏的散文创作通常由平常之物出发，用优美的语言文字展现美，展现其背后的意蕴，竟有些玄妙的哲理，让读者在阅读的过程中怦然心动。

创作剧本，以情感人：安洨华

安洨华，出生于1964年，女，贵州思南人，贵州省电影家协会秘书长，贵州省作家协会会员，中国电影家协会理事，中国文艺评论家协会会员。2004年开始创作剧本、小品、散文、小说、文艺评论等文学作品 。有数十篇作品在《电影文学》《青年文学》《山花》等省级以上刊物发表，或在中央人民广播电台播出，或在省级电视台播出；担任过影视广播编剧、制片人；为多家单位创作的小品均在各类赛事中获奖，散文《回家从此是一种忧伤》被选入《新时期中国少数民族文学作品选集·仡佬族卷》；曾获中国潜江（曹禺故里）优秀剧本奖（后更名为“曹禺杯剧本奖”）、贵州省精神文明建设“五个一工程”奖、贵州省优秀文艺作品奖、贵州少数民族影视文学优秀剧本奖、“北京影协杯”优秀剧本奖等省级以上奖项。

安洨华的散文以情感人，书写人间真情，表达自己的人生感受和心智。她总是以自己的真实生活、真实体验为题材，以真性情、真情感表达自己对世间亲情的感悟，用真情观照内心世界，表达情感，探索人心，追问灵魂，让淳朴、真实、自然的味道弥漫在字里行间，镌刻在一唱三叹的文字里。回家，是一个多么温情的词语，以往每一个春节，作者会在妈妈殷切的呼唤声中急急地赶回家去。可是这次，妈妈病重却没给她打电话，她在《回家从此是一种忧伤》中写道：“我明白，这是因为我曾抱怨她春节要我和妹妹回家，耽误了我们。在妈妈临走之际，她该是如何地想念她的女儿却又不敢去打扰她们呵。妈妈，你是带着怎样的一种心情走的？我不敢深想。”她反思自己，老想着忙完自己的事情后，待春暖花开时节再把生病的母亲接来，却忘了时间的残酷、人生的短暂，等到没有了妈妈，才发现自己是多么渴望着孝敬母亲，为自己没能尽孝痛彻心扉。于是她悲切地写道：“妈妈啊，今年春节谁唤我回家？”

在《天上飘着雨》中，讲述了一对热恋中的情侣教师的故事。

高考在即，任毕业班班主任的他在星期天也要补课。而她为了每周一次的相聚，梳理了一个小时的发型，但见面后发现他竟然根本没注意，而且还带她冒雨送学生回家。回家后她的怨气彻底爆发了，而他却冷处理。安洨华运用了大量的心理描写，表现了热恋期女性的心理活动。

安洨华创作的影视剧本《别让眼泪流过夜》讲述的是商战故事。十年前的一段沉案线索重现，利发建设集团的董事长却发生意外成为植物人，其继承人含冰不得不退学继承董事长之职。但之后一场场惊险、紧张、刺激、恐怖的活动围绕他展开，含冰终于发现利发建设集团后面有着不为人知的秘密，并开始了复仇计划。然而，含冰却再次陷入对手的圈套之中。最后，含冰只能孤独地生活在铁窗高墙里……作者试图通过描述商战，鞭挞丑恶，歌颂善良的人性。

安洨华于 2013 年创作的电影剧本《山水恋歌》在贵州省作协和贵州省民宗委面向全国举办的优秀电影剧本评比中获奖，并作为获奖作品编入《贵州省少数民族影视文学剧本集》。作品描写彝族姑娘沙红带领乡亲致富以及她身世之谜的故事，表现彝族山寨的新面貌以及生产生活方式的变化。沙红大学毕业后考上了公务员，主动返乡当了清水寨的第一书记。她利用彝乡的旅游资源，组建歌舞队，开办农民画室，进行旅游开发，让清水寨发生了巨大的变化。在沙红带领彝乡群众致富主线索之外，剧本加入两条线索，一是沙红的男友日木原在城里的酒吧坐唱，是酒吧台柱子，后来几经周折，回到家乡与沙红共建歌舞队；二是燕子与其父母来清水寨寻找遗失 20 多年的姐姐，结果沙红与燕子是孪生姐妹。一条主线，两条副线，三条线索的交织扩展了剧本历史容量与现实视域，表现了沙红为了改变家乡面貌所付出的努力、作出的牺牲，表现出新一代彝族青年崭新的精神面貌和开阔的视野。剧本将故事情节的推进与彝族山乡的美景交织在一起，在青山秀水的大自然的怀抱里演绎出一曲动人的“山水恋歌”，描绘出一幅生态环境良好、自然风光优美、民俗风情浓郁、乡村人民淳朴的贵州社会主义新农村景象。

其电影剧本《菩萨蛮》取材于遵义红军山上一座高4.5米被视为“菩萨”的红军青铜塑像。其实这座塑像的原型是红三军团5师13团2营男卫生员，当地人已将其神化，他们经常前去烧香祭祀，希望能够解除病痛。安汶华根据这一题材进行编剧，以老年玉荣的视角进行叙述，病危的玉荣在病床上等着孙子念磊寻找大磊的音讯，脑海里映现出当年的情境：行医的玉荣一家救了昏倒的大磊，大磊在玉荣家学到了精湛的医术，与玉荣产生了感情。镇长抢玉荣去做小老婆，玉荣誓死不从。大磊最终救出玉荣，二人参加了红军，成为红三军团卫生员。1935年1月，在红军进驻遵义期间，大磊针对桑树垭流行的“鸡窝寒”（即伤寒），配制成专治“鸡窝寒”的特效药。“鸡窝寒”得到有效救治，群众视红军卫生员为救命恩人。大磊为了给群众医治“鸡窝寒”，没能赶去与玉荣成婚，在追赶部队的途中被伪保长杀害。牺牲后的大磊被尊为群众“红军菩萨”，世代祭奠。但是，这一消息还没来得及告知玉荣，玉荣就已经在思念中去世。该剧本设置重重悬念，衍生多条线索，铺设错综的矛盾冲突，然后抽丝剥茧，解开谜团，刻画“红军菩萨”大磊舍身为民的光辉形象，展示红军卫生员不畏艰险、不怕牺牲、一心为民的革命精神，表达出老区人民对红军的深情厚谊以及对“红军菩萨”的敬奉与怀念。该作品2015年获得中国潜江（曹禺故里）优秀剧本奖。

安汶华的电视文学剧本《图云关往事》与《水西长歌》被列入贵州省文艺“十二五”规划重点项目。《图云关往事》讲述的是抗日战争时期，一支国际援华医疗队历经艰险，经香港、重庆到达贵阳图云关——中国红十字会总会救护总队和战时卫生人员训练总所驻地后，与中国人民并肩作战的一段尘土的往事。《水西长歌》则展现了在抗击吴三桂的斗争中，水西人民可歌可泣的英雄事迹，同时展示了黔西北奇特的生态环境和地域民族文化。

其电影剧本《办公室疑云》虽然描写的时代背景不同，但表现手法与《菩萨蛮》相似，也是以设置重重悬念，制造戏剧冲突见长。李竞与张能同在一个办公室，面临着晋升处长的竞争。李竞发现，办公室似乎有第三个人存在：办公室的物品在他们不在场的情况下总有变动，有时他想干什么第二天办公室就会有相应的变化。李竞与好朋友刘强接连几天在办公室整夜蹲守也不见有人来，李竞甚至猜想是张能为了与他竞争而想出的怪招。设置的层层疑窦也须层层解开，最终的结果竟然是李竞自己所为——因为精神压力，李竞患上梦游症，他自己梦游到办公室做了那些不可思议之事，表现了身处竞争环境的现代人的疑心和焦虑，以此透视当今社会的信任危机。该作品于 2018 年 8 月在《电影文学》刊出。

她的电影剧本《堤岸》2018 年获得“北京影协杯”优秀剧本奖。

她创作的微电影剧本《凡人烦恼》于 2019 年获得中国文联文艺研修院“2019 携手铸梦”项目扶持，并成功拍摄后在爱奇艺等网站播出。

安洨华担任第一文学编辑，并作剧本改编的广播剧《中国天眼》获 2018 年度贵州省优秀文艺作品奖、贵州省第十五届精神文明建设“五个一工程”奖。

语言含蓄，作品淳朴：司马玉琴

司马玉琴，出生于 1966 年，原名付强，贵州务川人，中国作家协会会员。他于 1987 年开始从事文学创作，先后在《诗刊》《散文》《山花》《星星诗刊》等省级以上刊物发表诗歌 1000 余首、小说散文 100 余万字，并出版诗集、散文集多部，有作品被选入《新时期中国少数民族文学作品选集 • 仡佬族卷》。

司马玉琴的诗歌空灵、纯粹、清新，注重音律和形式的美感，语言闲适冲淡，含蓄隽永，在唯美、纯朴之下，却暗含玄机，力求在结构上别出心裁，让内容更有深意。司马玉琴的《中国意象》有

27 首短诗，从不同的角度为世人呈现虚实相生、意蕴无穷的“中国意象”，如“目标在瞄准中被偏离”的长城，“在脆响的瞬间获得永恒”的瓷器，“传奇或者颂歌”的丝绸，还有中国龙、黄河、长江、运河、泰山等中国符号，发自内心地赞美华夏文明的源远流长和辉煌灿烂。同时，司马玉琴还穿越时空，聚焦具有典型中国元素的民间故事、神话传说、文人墨客、边塞诗人等，感叹他们的爱恨别离和一展雄才大略的壮志豪情，感叹“最真的心不一定遇上最对的人”“蝴蝶长着中国式的翅膀”“爱情已成为传说”，却又“深信，一个汉子挺立，家会安宁；一万个汉子挺立，家园平安”，因为“我行走千年，走成中国风骨”。这还不够，他向往尧天舜日，回望盛世王朝，礼赞传统文化的博大精深，用冷峻的笔调展示他一以贯之的历史观：“盛世大唐，不是刀兵之盛，不是衣食之盛。广大的胸襟，有历史的高度。”司马玉琴用 600 余行诗作的“深情倾诉”显示其“心事浩茫”。

司马玉琴也习惯以普通百姓的身份表达着自己的情感。《喊你》一诗中，“我”总是习惯性地喊妻子的名字，但“第三遍喊你的时候，猛然惊醒，你已逝去多年，我的妻”这种情感，读来不禁潸然泪下；《他说的江湖》一诗中，“我”眼里的江湖和“他”不一样，因为“我没有带刀，没有带剑，我一直带着心”；《松涛》一诗中，“我”虽然心里满是苍凉，但“在风中，也会发出声音”；《诗经》一诗中，因为自己是平民，所以“我记不住颂歌，或许，日子拒绝风云，苍鹰飞处，弓已望尘莫及”，但“回家真好，爱情真好”。

司马玉琴的散文、小说延续了这种叙事风格，描写着乡村乡物，在冷静、克制的心态中，让纯朴无邪、毫无功利的感悟自然流露。比如，《村子里的物事》中，邹老师是村里唯一的老师。他“看重的不仅是名分，重要的是教书这职事”，“他说，变不成牛莫误了人家的阳春”，因此他在教学上十分严谨，如果自己不清楚，他也敢于当着学生的面翻字典。退休后，邹老师喜欢喝酒，却很有节制，一般不会喝醉。但当“我”专程拜访他时，他请我喝酒，“边喝酒边细数从村子里走出来的人，也就是他的得意的学生们。数到二十几个的时候，他满面红光，酒兴大作”。《渔事》中的村庄“每年里，大小的渔事不断，方法也各异，但效果却天壤之别”，包括围鱼、下毒，这就造成河里无鱼，司马玉琴感叹道：“我们猎取的，仅仅就是自然中的物事么，难道，我们没有被我们自己猎取？”《福女》中，福女的丈夫为生儿子让她不要教书，在度过艰难的生活后，福女却死了，“村人说起福女，都说福女无福，费尽心力生了个男孩，又无福消受”，可以看出司马玉琴对落后的理念与麻木痛惜不已。

司马玉琴的小说《柳村》由一个个小故事串起，涉及面广。比如柳村没有柳树，却有一棵榉木，成了村里许多人的保爷。因为怕报应，这棵树躲过了大炼钢铁，躲过了土地承包时未入户山林的乱砍。但近 10 年，信这个的人少了，榉木终究被砍了，“砍它的是村人车奉先。一个读过高中，又外出打过工回来的壮汉。过了一个月，车奉先被公安抓走了。公安说，他砍的是国家保护的二级植物，又是古大珍稀树木”，村人们虽然不太懂这个，但在他们看来，“报应还是有的”。柳村没有人姓柳，只有陈姓和车姓两大姓，他们“和睦相处几百年，确乎有兄弟之谊”，两姓修的祠堂也各具特色。两家的脱祭始于 1952 年，祠堂院墙倒塌于 1967 年。车怀英是一个命运凄惨的女人，亲人们一个个离她而去，最后，她却“被张队长的妻子捉奸在床……从此，柳村的第一件关于风化的事，再没人提起”。猴群为生存，常常侵害庄稼，土地承包后，村民们对庄稼的关心程度比集体制时大大增加了。在村长的带动下，村民们烧毁了林子，想着让没了栖息地的猴子们自然搬走，但猴子却不干：“猴子们的报复是在烧火之后的第七天。那天，来了 22 只疯狂的猴子，它们掀了 34 户人的房瓦，抓伤 25 人，把一个孩子抢去抱上屋顶之后摔下来，摔死了。人们用火枪打死了 4 只猴子。”当省城的报纸和电视上曝光了市面上有大量假冒柳村牌野生蜂蜜的假蜂蜜后，柳村人自己也渐渐地参与了蜂蜜造假，如何挽回影响，这“是一个中国式的难题：泼出去的水怎么收回来呢”。作为柳村的风水的金旦子树，要被主人挖进城，却遭到村民的反对，最终，“那棵树就一直在路下横着，像是横在人心上的结”。司马玉琴在讲述这些人与自然、人与动物、人与人之间的纠葛、博弈，人性的扭曲，自然界、动物界的报复，以及如何对孩子实施教育、如何引导村民等故事时，非常克制、冷静，留给了读者更多的思考空间。

关注乡村，书写疾苦：王华

王华，出生于1968年，女，贵州道真人，中国作协会员，贵州省作协副主席，一级作家。她于1996年开始发表文学作品，创作小说、散文、报告文学200余万字，出版了多部长篇小说、长篇报告文学，有作品收录于《新时期中国少数民族文学作品选集·仡佬族卷》，曾参加中国作家协会第七次全国代表大会、第五届全国少数民族文学创作会议，并获第八届全国少数民族文学创作“骏马奖”、贵州省文艺奖等多种奖项。有作品被改编成电影，部分作品被翻译出版到海外。

王华是21世纪以来贵州文坛较为重要的作家之一，在全国文学界也有一定的影响。王华对乡土小说情有独钟，喜欢用自己独特的语言来解构文学。她善于从神秘文化想象性出发，探查环境给乡村带来的影响，关注底层人物的坎坷命运，捕捉他们心灵与肉体的困苦，挖掘人性的深度和民族生活的具象，用切入情感及心灵的文字，对他们所承受的苦难和所处的生存现实进行深刻剖析，以此表达对生存环境的忧虑。她笔下的人物，都洋溢着浓浓的乡村韵味，她有着发自肺腑的悲天悯人。

20世纪90年代，农民拥有自己的责任地还不到二十年，王华认为：“刚刚跟责任地建立起亲情，农民工大潮又开始了。他们突然间发现，农民也可以有另一种活法。农民也可以离开土地，也可以进城活人。”在改革浪潮中的农民对是留守还是出走不知所措，他们“手上抓着土地，目光却冲着城市”。这就造成了一系列的农村、农民问题。

王华的中篇小说《天上没有云朵》中，因为日益恶化的环境，致使每隔两三年，黑溪门就会“让村里的人因焦渴而去和牛角村的人开仗抢水”，总是要让村民有些伤残了，才会收起它的魔咒。为了躲避干旱带来的灾祸，“爸”带着妻女外出打工，却成了残疾人，并带回一个傻儿子。为了生存，人的自尊也可舍弃，全村男女都屈服在村主任的淫威之下，只有自己家敢于抗争。在这里，苦难总是无法解脱，眼看天要下雨了，弟弟就要告别痴呆日子了，却被害了，“走时瞪着他那双呆眼”。为此，“我”进行抗争，“我”骂村主任，咬村主任的耳朵，把弟弟的尸体放在村主任的床上，割去被村主任抢去的猪的尾巴，“爸”也以为杀了村主任，苦难就到头了，却没想到还有更大的苦难——不满七岁的我成了孤儿。

如果《天上没有云朵》让人悲愤，那么小说《眼睛》则让人感到的不仅仅是悲愤了。小瓜和小米长着黑珍珠似的眼睛，在这个世界上看到的却只有冷漠和暴力。五岁的小瓜，很小就知道如何让好赌的父母给自己填饱肚子，但那些大人为争打麻将，将襁褓中的孩子扔给小瓜抱，孩子摔死后，小瓜也被孩子的父亲踩死了；属于非婚生子女且被父母遗弃的小米，由年迈的婆婆带着，却被分管计划生育的副镇长追着交罚款，小米看着忧虑的婆婆，天真地以为自己离家出走后，婆婆就不用交罚金了，不料却在路上被车撞死了。他们临终的眼睛顽强地睁着，遗留其中的是恐惧、惊骇、疑惑，或许还有期待。

在王华的眼里，动物有时比人更能清楚地看清世界的本真，它们的感觉比人更准确、更精微、更深远，它们似乎比人更通人性、更懂得情感。小说《一只叫耷耳的狗》中，郑二的女人因无钱治病死了，被毫无人性的医生抬到了马路上。郑二的官员老乡江山让其回家请人帮忙抬尸体，一只叫“耷耳”的狗便为郑二媳妇守了一夜灵。江山和郎医生为了各自的利益不停地算计，江山的父亲则一针见血地指出：“狗和人不一样，狗只记恩不记仇，人只记仇不记恩。”这只名叫“耷耳”的狗，以自己的知恩图报，不仅反衬了人世间的世态炎凉，也教会人同情心和责任心。

王华总是在关注社会现实中的“百态人生”，敏锐地把握生活现象，以卓越的艺术感觉、富有灵气的文字表述，直抵人心。

《当代》在2005年第1期刊发王华的长篇小说《桥溪庄》，《当代》编辑推荐道：“不只为惊人之才，不只为刻骨之痛，而是为日渐稀少的人世悲悯。”小说一经发表，便引起强烈反响，获第三届贵州省文艺奖、第一届“乌江文学奖”、2005年《当代》“小说拉力赛”冠军。小说后改名为《雪豆》，由中国电影出版社于2007年出版，并获第九届全国少数民族文学创作“骏马奖”。在这部作品中，王华娴熟地运用了魔幻现实主义常用的夸张、怪诞、象征、打破时空界限等方式，将离奇的幻境与残酷的生存现实有机地结合起来。桥溪庄，这是一群农村人因不满意于土地的稀缺，走出乡土，散居于此形成的村庄。它有两个奇怪的现象：一是六年前，桥溪庄就开始不下雪了，雨也渐渐变少；二是女人怀气不怀胎，自桥溪庄的最后一个孩子雪豆出生时，喊出两个音符“完了”后，桥溪庄就再也没人能生育了。为了能够生存繁衍下去，他们开始修观音庙、吃苦药，但这些举动却未能改变现状。于是，相濡以沫的亲情、刻骨铭心的爱情便被撕裂、被毁灭了——兰香撇下丈夫陈小路与外乡人私奔；雪朵抛弃雪果与山子远走他乡；雪果因此精神错乱变态乱伦而被作民爸砍掉脚板；雪山为深爱着的雪豆盗猫而变傻成痴；雪豆因爱情不遂而变疯并离家出走……而这一切都是因为环境污染。最后，“雪豆在天上看着桥溪庄……雪豆说，作民爸，我生下来的时候就告诉过你们桥溪庄完了”。雪果的命运是小说魔幻性的集中体现，似乎道出了作者在揭示人类的生存困境时所产生的迷惘，读者也能从中感受到农民的无奈与尴尬，体会到那种无边无际的苦难和无依无靠的绝望。

长篇小说《傩赐》为我们讲述了在远离尘嚣的大山深处的故事。“傩”是中国远古时驱鬼逐疫的一种祭仪，因而傩赐庄这个地方应是上天恩赐的好地方。可是上天并不眷顾它，总是让它那么的贫穷与落后，总是让它的美有一种残缺。“从升起到落下，一直洁白如银”的白太阳，美丽中带着忧伤，似乎傩赐庄感受到的稀少阳光与傩赐人物质上、精神上的双重贫困总是同等的。因为贫穷，村长陈风水承秉其父亲遗志，恢复了傩赐人两三个男人共娶一个妻子的旧时婚俗。蓝桐、雾冬和岩影兄弟三人凑份子同娶毫不知情的外乡姑娘秋秋，他们用拈阄儿的方式决定与秋秋的蜜月安排。秋秋虽然是瘸子，但她却要与现实抗争，捍卫自己的合法权益。于是，在贫穷和苦难中演绎出一段凄美缠绵的爱情挽歌。这部作品获第四届贵州省文艺奖、第二届“乌江文学奖”。

王华在长篇小说《家园》中描述了一个乌托邦的世界——安沙村。接着，描写了安沙人走出安沙村后与山外世界产生的一系列碰撞。最终，安沙人在饱受喧闹、污秽、奸诈、自私的折磨后，逐渐认识到传统乡村文化的价值，决心守望安沙文化，重返那个乌托邦家园。

作为曾经的乡村教师，王华面对农村教育的相对缺失，忧心不已。但她知道，正是因为有一些教师在乡村坚守着，才让农村孩子有机会受教育，让文化血脉源远流长。她在《旗》中这样写道：“这个教师，叫爱墨。十六岁开始在村里教书，现在六十……一个村的老少都这么叫，爱墨老师的耳朵就很热闹。”但是，“有一阵，爱墨老师突然觉得耳朵变得寂寞了”，因为外出打工的父母把孩子们带出了乡村。“有一天，爱墨老师的教室里只剩下一些笨拙的课桌凳了。”爱墨老师想起村里还有一个自闭症儿童端端到了上学的年龄，于是端端成了爱墨老师唯一的学生。在升旗仪式上，当洗得发白并用红墨水重新染好的国旗挂在学校上空后，端端会说“旗”，会画“旗”，会喊妈妈，会简单的算术了。可是上级教学单位却认为端端只能进特校。为动员在城里拾垃圾的孩子回来上学，爱墨老师的爱人意外去世。终于，不肯跟儿子去城里住的爱墨老师收到了去城里的两个孩子的来信，他们要回来上学了。

《在天上种玉米》中的三桥村村民们将城市文明与乡村文明完美契合。家住播州三桥的王飘飘只身来到北京打拼，他发誓：“一定要把我们村搬到首都来，让他们整整齐齐地到皇城过过日子。”他没有食言，先把村里的青壮年男子带出来，又把女人娃娃们带出来，最后，还把三桥村老村长、自己的父亲王红旗这帮老人也劝来了北京。王飘飘本意是把老人们接来享享福，见见世面的。可是王红旗并不服老，更舍不得故乡。于是，王红旗想把他们居住北京六环上的“善各庄”改名为“三桥村”，让自己觉得依旧在故乡，依旧拥有土地。于是，“善各庄东西南北四个方位都贴上了新的村规民约……上面写着：三桥村村规民约”。他还要带着大伙刨土盖屋顶，在屋顶上种玉米。阳光下，村子的上空悬浮着一块块绿色的魔毯。最终，做了包工头的王飘飘被感动了，买下出租房，名正言顺地将“善各庄”改名为“三桥村”。该作品获第三届“乌江文学奖”。

王华的小说《向日葵》塑造了一个精神捍卫者的独特形象。民办教师吴本末没能通过民办教师转正资格的考试，成为一个普通的农民，在扶贫与自尊之间，吴本末顽固地选择了自尊，坚定拒绝扶贫。为此，吴本末开始了持续不断地上访，目的就是坚决要求取消自家“特困户”的帽子。全村人把他当成疯子送进了精神病院，但他却发现这里可以自由自在地画他的“向日葵”。于是，精神病院里满墙都是手绘的向日葵。

王华还在中篇小说《生计之外》中揭露、剖析了当下进城农民的心理困苦。作品中的高社会和高经济父子都是地道的农民，进城之后，虽然找到了自己的生计，但他们的生存处境和心理状态发生了很大的变化，在生计之外陷入了各种“漩涡”。于是，他们便以不同的方式解决内心空虚——高社会找女人搭伙过日子；高经济在生计之外学会了开锁入室以享受城市人生活，获得作为城市人的心理慰藉，但似乎命运捉弄他，最终他又回到了人生的原点。

中篇小说《橡皮擦》中，“她们母女间存在着一个铁打的事实：陆小荷正在力图擦掉那些不利于她的记忆，而她（赵大秀）的记忆却正无奈地被一双看不见的手擦掉”。这块小小的“橡皮擦”，却包含着文化内涵、人性道德、社会生活，有着象征、隐喻与启示。

当然，王华并不满足于仅对小人物的现状进行研究和创作：“我开始转向于他们的命运史，转向于他们文化的根源，和他们在历史变迁过程中的起起落落。我以这个主题取材创作的代表作有《花河》《花村》《花城》三部曲，这三部长篇从解放初期写到改革开放中期，从农民终于分到了土地，写到最后又自愿放弃土地，从一个本分的农民写到他们最后蜕变为一个农民工。通过四代农民的命运变迁，我试图从中寻找到他们的命运根源、精神根源以及文化根源，也试图建立起他们在这一历史时期的命运线索。希望读者能从中读到一种历史的磅礴和命运的恢宏，还能从中深入地认识农民的内心、农民的情感以及他们那朴实的本质……迄今为止，它们是最能体现我的创作实力，也是最能表达我的创作感情，并真正实现了我的创作理想的几部代表作。”

这三部小说都以女性为主角，以一种悲悯的情怀诉说着她们在极度的生存困境和心灵困境下，多舛的命运和摇曳的人性，探询一条艰难的救赎途径。

小说《花村》关注的是进城的农民工和守候土地的农民。栀子在经历了心灵与肉体的煎熬后，与丈夫张久久共渡难关，一同探寻救赎的勇气与力量；李子在丈夫去世后幡然醒悟，灭绝一切念想，削发为尼，青灯孤影。村主任张大河告诫将走向城市的媳妇们：“人一辈子很长，哪有不摔跤的，摔过了爬起来就是，别老回头看摔跤的那个地方，那样你就没法往前走了。”该作品获2015年贵州优秀文艺作品奖。

随着《花城》在《当代长篇小说选刊》2016年第6期的刊发，王华完成了她以花命名的长篇三部曲。此前的《花河》以历史的变迁来折射多舛的命运与幽邃的人心，《花村》勘探了留守妇女囿于情感困境下心灵的悸动与嬗变，而《花城》呈现了三个青年农民进城的打拼与伤痛。金钱草初中毕业便跟随表姐苕花来到花城的工厂上班，见识了嘈杂拥挤紧张的城市生活，明白了“哪里都一样，是工厂就一个样”。她改做家政、摆摊卖油果子，但爱人龙门阵却在她怀孕之时丧生。表姐苕花一心想成为有根的城市人，为拥有城市户口，忽视了内心的真实感情，嫁给了吃低保的垂暮鳏夫，却依然只能靠“做散活”来养活自己和孩子。具有担当、大爱的龙门阵执着地深爱他的老乡兼同学苕花，为实现苕花拥有城市户口的梦想，他安顿好金钱草，帮苕花照料孩子，拼命表现，但最终被压在车底下丢了命。

王华的文学成就不仅体现在小说创作上，她的报告文学、散文等同样可圈可点。

报告文学《海雀，海雀》获第十届《中国作家》鄂尔多斯文学奖，第七届贵州省文艺奖文学类二等奖。作品塑造了海雀村老支书文朝荣率领全村人植树造林，改变石漠化地貌，走上脱贫致富道路的感人形象。“海雀”是彝语，即有三个梯级海子（湖）的地方。但不愁水的、富庶的海雀，却因石漠化而面目全非，再也“不能为海雀人提供一捧清泉，他们只能靠天花水（雨水）解着渴”。1985年的春荒，村支书文朝荣在发放救济粮时，把家人排在分粮人群的外面；新华社贵州分社记者报道关于海雀断粮的消息惊动了中南海，海雀以“苦甲天下”一举扬名，文朝荣觉得把脸丢到中南海去了。他主动找乡县干部：“不要救济粮，我要救穷的办法。”为让地保得住水、让地变肥起来，文朝荣以身作则，扶贫先扶心，率领乡亲们克服重重困难，植树造林、种植地膜苞谷，改变生态环境，提高村民收入；他牵头制定村规民约，动员全家、发动村干部修缮学校，命令儿子文正友回村教书，劝说孩子进校读书，文朝荣还为海雀争取到了46万元资金：“那之后，海雀终于有了一栋正经的教学楼，三层，八间教室。教学楼前，也有了正经的操场。那是海雀的第一栋楼房，也是海雀最漂亮的建筑。公办教师也来了，师范毕业，正经的教师，年纪轻轻的，活力四射，用动听的普通话上课。”他想方设法解决水电问题，尽力为广大村民谋福利；带头执行党的计划生育政策，动员儿子、儿媳结扎……“每当帮人渡过一个难关，文朝荣就能从别人的振奋中得到新的鼓舞，一辈子，他都在不断克服困难的过程中不断获得快慰和力量，他也因此一辈子都充实、坚定。也因此，才走得安详。”文朝荣虽已离世，但他作为时代楷模留下的精神永驻人间。

小中见大，平中见奇：伍小华

伍小华，出生于1969年，曾用笔名有白描、人格、仡苗子等，贵州务川人，中国作家协会会员，参加过三届贵州省青年作家创作会议。他于1995年开始公开发表作品，迄今为止已在《诗刊》《民族文学》《星星诗刊》等刊物发表作品近200万字，有作品收录于《新时期中国少数民族文学作品选集·仡佬族卷》，曾获“乌江文学奖”刊物奖、遵义市文艺奖、全国教师文学奖，诗《一大片野花就围了过来》被译介到澳大利亚，出版了多部诗集、散文诗集。

伍小华以诗歌、散文诗见长。他的诗歌善于从平凡生活和身边事物出发，注重平民化倾向，满怀质朴而纯真的情感，去触摸生命的酸甜苦辣，体验生存状态，寻找自己的内心感悟，把握灵魂深处的温度；他以淳厚的文笔、口语入诗，不动声色地采用白描、细描，动静相衬、虚实相生、比拟引申、象征联想、抽象变形、托物寓意等手法，介入哲理化、具象化，从柔软安静中透出坚韧而恒久的力量，达到小中见大、平中见奇的效果。

读伍小华的诗，须抓住其中心意象，从而深究它的本义、寓意、引申义以及象征意义，解读伍小华诗歌浸润的心理流程及社会映象。其组诗《沧桑书》有骨、树、叶、山、坟等中心意象。比如《钉钉子》中骨头痛苦、神奇的意象：“在钉钉子之前，我就已经明白了，骨头坚硬，钉子尖锐，锤子沉重，自己，很固执。”由骨头的固执加上钉子、锤子的固执去象征“我”的固执，展现面对硬碰硬，“我”所呈现的决断与勇敢的精神。因此，即使视线之内皆为黑暗，“我”也无所畏惧；在《锻打骨头》中，把熬了几十年的骨头拿出来锻打，就是要让骨头“学会接受”，“变形”为比骨头更坚硬、更实用的斧子、菜刀与镰刀，那把镰也“变成弯月悬于梦中”。伍小华认为，这还不够，还需要把桀骜不驯的骨头“反复锤炼”幻化为新的梦想。在诗中，“我”将城里生活的女儿带回“我”生长的故乡，走过寸步难行的荆棘丛生的坡上，触摸着青冈树上的瘿结，“显现女儿的一声惊诧：肿瘤”，“当我伸出手去一触摸，我感觉，我的身体的某处也在，隐隐地疼痛”。这样，读者以树肿瘤感受到了“我”的心境。《礼物》中的“我”期盼上帝送的礼物却只是一片落叶，“我”清楚地意识到，虽然“你应该是不小心，没抓住这世上的，最后一丝叹息”，但任何事物都有它自己的归宿，像这微不足道的落叶，与“我”心有灵犀，成为“我”的第一份礼物。《去坟山》写人的最终归属是死亡后进入坟地，因此“去坟山，就是活人去死人的村庄”，直面坟场，离去的亲人们的沉默，不禁令人有生死轮回之感慨，隐含着心灵之疼。《清理》中，在清理坟头的荒草时，感觉到“我的举动，多像剃头匠二叔，在一位叫时间老人的头上，挥砍着灰白的头发”，这让生命的流逝有了动感，不仅如此，“我还发现，一堆秃了顶的黄土头，却不能转向后方，望向你来时的方向”，强调逝者牵挂着亲人的情怀。这些骨、树、叶、山、坟倾诉出伍小华满满的期盼与叹息。

在伍小华的眼里，空与满相对存在，互相鉴别，互相依赖，互相排斥，互相促成。《把空倒掉了就是满》一诗中，“就像一个褒义词突然变成了贬义词”，病毒来了，小城空了，“空是小城的内容，城府很深，搬不动，就倒，倒掉了空，就看见了满”，也就是只有说倒掉了病毒，才能拥有清新净朗的空间，才能灌注希冀，呈现生意盎然、生机勃勃、百业兴旺之满，伍小华借此表达出的战“疫”之情有着独特的视角。《残碑》一诗中，承载小村历史的石碑残缺了，变成了空，需要另一半石碑去填补，这样才能变成满，而缺失的石碑在哪里？是否因为“泥泞的山路，有时太需要一块垫脚石了”，就被作为垫脚石踩在脚下？但这样，将历史踩在脚下的去者能够顺利地到达彼岸吗？石碑残缺，历史只能“被来者无数次地拼凑”，表达出伍小华对社会、对历史的追问。

伍小华的一些诗歌有着感伤的情调，用沾着血与泪的笔触，写出了病魔的折磨与痛苦滋味，但他不停留于此，他更要把痛苦之上的希望、把生命的光芒呈现出来，比如在《一个绝症患者的自白书》里，他希望“如果有来生，我愿做一头牛，一头用青草挤奶的母牛，白天牵在你的手中，夜晚睡在你的身边……如果能转身，我早晚会化作一朵花，开在你的心上，日日芳香”。

伍小华还有一些描述亲情、爱情、友情、乡情的诗作，同样以真情实感打动人们的心灵，比如《父亲》中，父亲为儿子“转晕了头，转碎了心……渐渐憔悴的身子，也撑不起，半个麻木的重量 ”；《慈母》中，母亲“每一根白发的前身，都是一段黑夜，你怀揣一盏油灯……风寒与饥饿榨出的，一滴宝贵的油，点亮了我的一生”。

伍小华在面对生活与事物时，总能将自己所需要的元素介入诗歌之中，表达自己的人生感悟，特别是对家乡的爱恋之情，如《家乡》中，“只一巴掌就能遮住天空的小山洼”的家乡不甘落寞，发展迅猛，于是，“天也日渐变得高远，地也日渐变得开阔，而路，却仍没有尽头”。但在城镇化进程中，“离开”“远行”成了很多村民最好的选择，他们把希望寄托在远方，寄托在充满诱惑的大小不等的城市里。在《有这样一个村庄》中，纵然曾经“我”对祖祖辈辈生活过的村庄非常熟悉，以至“伸手就触到那块胎记，摸到那声心跳”，但如今“我”却非常陌生，“老眼昏花了，肌体麻木了，牙齿脱落了，皮肤松弛了”，忧虑地生活在那个荒凉、寂冷、破败的村庄中。同时，伍小华把目光投向空巢老人。《孤独》：“孤独，是我养的那只小黄，每天不离左右。想了，就摸摸它的脑袋。它很警觉，小小动静，也‘汪汪汪’叫几声。孤独，一天天长大，然后老去，最终和我，一模一样的时候，我不叫它老黄了，我喊它老伴儿。”用几个平常的意象描摹出一人一狗相依为命的场景和行为模式，凸显出诗人的悲悯情怀。他还从观察与表现事物的独特视角，捕捉多角度的意象变幻，写出：“老木楼开始使劲地咳嗽，吐出鲜血，吐出生活的艰辛，老木楼开始微微倾斜，向左，向着灵魂敞开的地方。”以此完成对故乡的认知感、认同感和自我的审视。

伍小华的散文诗集《低处》纯粹、朴素、厚重、宁静，怀着对大地、岁月、生命的敬畏，从日常生活出发，从细处着手，以饱满的情绪、充沛的感情，在字里行间洋溢着对生活、对自然的无限热爱。比如，在《玉米拔节的声音》中，伍小华巧妙地把玉米的拔节声与“已过而立之年”的“他”的成长历程叠合起来，“他喜欢听那声音：干脆，直接，不施粉黛。但不是所有人都能听见那声音的，也绝非任何时刻都能听见那声音的”，“又是几声响过之后，他顿觉腰板子也硬了，骨脊也可以支撑一些零碎的生活了”，在聆听者的沉思中观照、回望、审视与乡土、人生与岁月，完成自省。面对《背篼群落》，他看到了生活在底层、立足于低处、进城打工谋生的农村人的不易，他们为城市的发展撑起了一片天地，但他们的疼痛与艰难、哀伤与泪水却无以言表，就像“一粒汗粒，跋涉了千山万水之后，心想折射出一片比乡下的天空更广阔的蔚蓝，但——往往在一丝阳光还没有抵达之前，就枯干在了低矮的云层下”，以此意象来表达务工者孤独与漂泊的微妙情感，蕴含了人生的悲凉与沧桑，也荡漾着挥之不去的大爱。

厚重绵实的浪漫书写：肖勤

肖勤，出生于1976年，女，贵州凤冈人，中国作家协会会员，中国少数民族作家学会理事，贵州省文联党组成员、副主席。她已发表、出版文学作品近200万字，有作品被《新华文摘》《中篇小说选刊》《小说月报》《小说选刊》选载，并被《新时期中国少数民族文学作品选集·仡佬族卷》收录，多部作品被译介至韩、法、蒙古、哈萨克斯坦等国，并有作品改编成电影。作品曾获第十届全国少数民族文学创作“骏马奖”、贵州省文艺奖、贵州省精神文明建设“五个一工程”奖等。

肖勤作为仡佬族作家，她的内心镌刻着深深的民族与地域记忆。她就任过乡长、镇党委书记、副县长，近距离地接近过乡村，接近过底层，感受到了当生存环境遭到胁迫，物质文明、现代科技、市场经济浪潮打破以往的平静时，底层人民内心的恐惧与彷徨、乡村生活的孤独与寂寞、农村的无语和失语，也关注到农村劳动力主体的缺失，以及存在的留守儿童、空巢老人、生育失控、农民文化素质低等一系列问题。她希望以一个作家的身份，“给大家呈现一个真实的农村，一个灵动的、鲜活的、与泥土一样富有多种生命元素的农村”，通过一些独特性的呈现，建构一个更美的、向善的价值体系，寻找一片人类诗意栖居地。于是，她努力在更多的层面上关注本民族、本地区的民风民情和地域特色，力求深入挖掘仡佬族民族文化的内涵，尽力凸显地域文化在城市文明发展进程中的传承与发展、矛盾与冲突，以强烈的现实主义意识和人文关怀精神，书写那块土地的伤痛与困顿、幸福与荣耀，通过爱恨情仇、生老病死，去展示生活在那片土地上的人们坚韧不拔、宽厚隐忍、不屈不挠的精神气质。

肖勤的小说深切关注社会的底层人物，她把目光更多地停留在空巢老人、留守儿童、城市孤行打工者等弱势群体和乡镇干群关系上。她认为，这些底层人物真正缺失的是“来自整个社会的真情与关爱”，而“城市抽走了他们的肋骨——那些壮年的男人和女人，留下老人和孩子，在孤独中无力地彼此支撑、无助地彼此温暖”。她用自己亲身的观察、感受，写出了底层人物的尴尬与辛酸、坚韧与善良，使小说更贴近现实，让更多的人发自内心地去关注他们。

中篇小说《暖》被改编成电影《小等》，小说以留守儿童小等的艰难处境，表达出底层人民的精神困境。女孩小等 4 岁时，父母为了“延续香火”而远走他乡。8 岁时，小等终于等来了弟弟，但家里却无法承担超生罚款，爸爸也因借酒浇愁而醉死，妈妈不得不带着弟弟妹妹到外面打工，小等则被留在了农村。妈妈担心被催缴社会抚养费，一直不肯回家。为了负担自己与奶奶的生活和承担父母应交的社会抚养费，小等不得不辍学。在抢收灯笼椒的季节，“小等的手变成了两只小鸟，灵巧地在辣椒与背篼之间盘旋”，到夕阳下山收工时，“腿脚硬成了木桩子”，脚下的路“像一块磁铁”。小等不怕累，她害怕癔症越来越严重的奶奶半夜发病伤害自己。村主任周好土心痛着被留守在家的小等，给予小等力所能及的帮助。为躲避撞了邪的奶奶，也因为渴望亲人的温暖，小等接连几天的深夜都跑到脚有残疾的单身代课老师庆生的家里，像小壁虎一样攀在他的怀里酣睡，善良的庆生像对待女儿一样疼爱小等，并打电话恳求小等妈妈回家。最后，在暴雨即将来临的时候，奶奶去世了。小等看到那根悬在自己面前冒着火花的断了的电线，担心明天妈妈的电话打不进来，于是，她要把线接上，便“轻轻地用手指按住那串闪烁的火花”，小说戛然而止。那根伸向小等母亲的电线，隐喻着的是小等的期待与梦想。村主任周好土，代课老师庆生，让小等凄苦的生活有了温暖，体悟到人间之爱，而小等身上所承载的乡村“留守儿童”渴望得到的温暖与亲情这一社会问题也随之备受关注。这或许是肖勤创作《暖》的初衷：“我希望能把它举起来，举到有风的地方，让风带它们飞向温暖与阳光的天空。”

20 世纪 90 年代以来，农村绝大多数青壮年男女陆续选择外出务工，但年轻柔弱的女孩们在城市的生存空间却很窄。肖勤在中篇小说《我叫玛丽莲》中，以第一人称的方式，描写了一个来自山村的女子“我”为了让弟弟能够读上大学、为家里重建房屋、让母亲不断药，怀揣着自己的梦想，来到繁华喧闹的城市打工的故事。而“我”在城里寻梦的经历，有着太多的欲望与欺诈，“当对钱的需求速度远远超过挣钱的速度时，唯一的办法，就是找一条近路，去获取更多的钱”，于是承受着太多家庭负担的“我”成为风月场合的三陪女，化名“玛丽莲”。渐渐地，“我”把思念和希望挂在一幅槐花图案的出租屋的窗帘上，植进一张张钞票里。每次写信寄钱回家，“我”都要编故事，编那些从书上读到的山里姑娘进城打工创业的故事。当得知自己身患乳腺癌，为了家人，“我”要保守得了绝症的秘密，要尽快赚满四万元，为快塌了的家修一两间遮风避雨的茅草房，为娘的风湿和肝硬化找些买药钱，要用身体撑起家人的希望和梦想。“我”在最后时刻给房东留言，续交的 2000 元房租是给发疯的阿栋媳妇一个窝，让她住进来；同时给那位尽力保护“我”的高尚留言，告诉他“我”是纯洁无瑕的“孟梅”。作品对比了山村的宁静与城市的残酷、肉体的折磨与精神的煎熬，叙写了对转型期女子命运的思考。

《霜晨月》是一篇叙写当下乡土又充盈着诗意的小说。莺闹村常年缺水，村民们把水称为“银子”，为了让女儿在出嫁前夜洗个囫囵澡，“银娘子早早三天便守在井旁，从每家的桶里均出一瓢‘喜银’，回来倒进水缸里存着”。出嫁以后，洗澡只能叫“过水”。老村官庄三伯（庄三）多年前带领村民修渠引水。在渠快修通之时，老婆霜月因半夜排队挑水遭到雨淋而生病，庄三不顾儿子阿哑的阻拦，要求霜月和自己带头上渠，结果霜月倒在了水到渠成之前。失去母亲的阿哑从此仇视父亲，坚持把母亲的墓修在村子出山的喉垭口，因为庄三要想给莺闹村修路，垭口是“永远绕不过的坎”，这也是庄三与儿子之间心灵障碍的象征。阿哑把母亲的坟地周围打扮得漂漂亮亮的，“后来莺闹人叫它花坟”。当新村官毛小顺张罗着要修出山之路时，老村官庄三伯比任何人都明白修这条路的艰难，但他顾全大局，带头去迁坟。最终，老村官庄三伯用那无私之爱和穷尽一生的善良，唤醒了阿哑和村民的灵魂。阿哑在父亲离世的雪夜里静静地完成了迁墓。

空巢老人也是当今的一个社会问题，中篇小说《陪着你长大》写出了在人际关系与生存关系异常紧张的时代里，那些被忽略的老人的困境。身患癌症晚期的父亲去世后，江格格才知道这么多天来，何心凤居然和父亲一起瞒着她开了这么大一个玩笑，把房产和存款全都留给了江格格和她的哥哥江秀峰，还有“陈氏女”。这个“陈氏女”名叫陈小萝，是江格格和丈夫陆风资助了13年的贫困孩子。他们把这个只大儿子三岁的姑娘当自己的女儿来看，可是，陈小萝却爱上了陆风，但遭到陆风一次次地拒绝。在通往织金洞的高速公路上，鬼迷心窍的陈小萝扑到陆风身上想强吻他，结果出了车祸，陆风舍命保护了陈小萝。江格格不知真情，以为陆风出轨，出于良知，江格格拿钱给瘫痪的陈小萝治疗，但心中异常矛盾。面对江格格，陈小萝惊恐万分，她以为“只有把这个误会和责任塞给江格格，江格格才会拿钱给她治病”，所以只字不提她和陆风的关系。小说表明，“成长是以生离死别为代价的”。

肖勤的短篇小说《丹砂的味道》以一种灵魂对话的方式，生动地传递出仡佬族有关生命的终极信念。作品中的奶奶走得并不甘心，因为当地已有四十余年没有开采丹砂了，所以爸爸没能买到奶奶要的丹砂。此后的十余年，堂祖公对“我”始终敬而远之。一天晚上，堂祖公开始与“我”交流，但这似乎更像是他与“我奶奶”的人生对话。在这场断断续续的对话中，“我”仿佛看到了机灵却又敏感的奶奶那浪漫而曲折的一生，了解了奶奶为何对死后迈过“奈何桥”如此恐惧、对苦求丹砂而得不到如此绝望；听到了堂祖公对自己往日过错的深深忏悔，以及渴望得到奶奶宽恕的意愿；明白了自己以往的一些说不清、道不明的行为，“那是因为，你的骨头里流着咱仡乡的血，我们需要丹砂，你也需要丹砂。我们的灵魂和骨血里都缺不了丹砂”。小说巧妙地以“丹砂”引入有关灵魂的质询，用神秘的色彩去承载仡佬族傩文化的厚重历史。

长篇小说《守卫者长诗》围绕“守卫”展开，通过东门长安、徐明月、徐月、小哑巴等人的视角，对社会、时代提出思考，对良知、公平发出拷问。小说中的真如县因其地形貌似一枚玉如意而得名。二十多年前，一场壮观的烟火表演导致了惨烈的踩踏事故，一百多人死于非命。烟火烧毁了公安局留存的全县户籍和教育局的所有档案。踩踏事故不久，一场冒名顶替的高考阴谋悄然上演——煤老板徐解放的儿子徐月，拿着穷学生徐明月的通知书去上大学。蒙在鼓里、无家可归的徐明月在崩溃中成了疯子。班主任东门长安发现了李代桃僵的猫腻，却又无法揭穿这个阴谋，愧疚的东门长安抛舍了爱情，承担了照顾徐明月的责任，成为学校门卫室的看门员。在他的守卫下，徐明月病愈。因为失忆，徐明月后来当上一名小警察，幸福而执着地爱着老婆鲍丽娜。此时，徐月当上了真如县常务副县长。徐月明白，知道真相的东门长安一日不离开真如县，自己就一日不得安宁。可是，东门长安告诉他，决不离开真如县。不安分的鲍丽娜勾引徐月，再次逼疯了徐明月。疯掉的徐明月来到了沙岛和一个捡垃圾的假装耳聋的小哑巴相依为命。鲍丽娜和徐月的对话被小哑巴听到了。小哑巴在徐月的车上做了手脚，故意制造了车祸。徐月终于明白，他改变不了也主宰不了真如县，因为，无论他多么强大，这个世界最终有像小哑巴和东门长安这样纯洁的人在守卫着，他们守卫着人性的善良、道德和良知，守卫着公道正义之门。

肖勤虽然在不断地扩展和变化自己的创作视角和领域，但她依然一如既往地关注现实、体察民生、关怀弱势群体，其中篇小说《亲爱的树》标志着她的创作水平达到了新的高峰。令狐和贺精初中毕业便响应号召，走进地处偏远山区的保密军工厂，支援国家三线建设，因贺精的自作主张，两人被退回地方，到拖拉机厂当上了工人。改革开放后，贺精带着令狐做起了沙发生意。妻子树儿是令狐唯一爱过的女人，可惜结婚不久便因宫外孕死去，但在他的心中，她就像院子里那棵木槿树，一直陪伴着自己，走过风风雨雨。最后，令狐和贺精这两位相依为命的老人留宿在冥货铺，烤着炭火，回味着自己的一生，“还好，什么都没了，他们还有彼此。而且那棵木槿还在，树儿在花树下笑着的样子，就在他眼前，一如既往，鲜亮若刚拍的照片”。饱经屈辱的老人，在生与死的临界点上终于寻得了自我和安宁。

“十月文学奖”组委会给肖勤的中篇小说《去巴林找一棵树》的颁奖辞是：“唯爱与希望能润泽生命之树。依旧是肖勤最擅长的温暖细腻的情感书写，这次她把目光凝聚在生离死别之时，爱的加持与守卫。人生之厄与善意之谎，昔日伤痛在事关生命的赛跑中得到宽恕和救赎。患者同时是医生的角色设定，救治者和被救治者的换位思考，疾病中人性的复杂维度因此被充分打开。肖勤是善和责任的坚定维护者，她对人性形态的深度开掘、对道德困境的同情和理解，使得作品仁厚、明亮而开阔。”大学毕业后在血液科工作多年的黄栀子拿到疑似白血病的化验单。得此消息，血液科老大亲自给她骨穿，看到老大面色灰暗阴沉，黄栀子什么都明白了，她是RH阴性血，俗称熊猫血，几乎无法找到匹配的血型，所以她希望能有一段充足的时间去安排所有的事情。而最重要的事就是要把钱留下来，给她正在市一中读初中的儿子多谷，然后，给孩子找一个值得而且愿意照看儿子的人。当年，因为血型的特殊，葛蓝的妈妈没有同意他们的婚姻，黄栀子带着葛蓝的骨血离开了，并独自生下了多谷。老大知道，“黄栀子这种人，只要你不给她退路，她就绝对死不下去”。所以当黄栀子想把多谷交给初恋对象白河，多谷的生父葛蓝都不能如愿。绝望之中，老大让她去巴林找一棵被世人称为生命之树的牧豆树。这棵树让黄栀子懂得，生命不仅仅是宁折不弯的刚强，还有俯身敬畏的柔韧。这个爱与善良、生命与守卫的故事，温暖了身处绝境之人。

《外婆的月亮田》是肖勤创作的一部儿童文学小说。精灵般的小女孩小竹儿的爸爸和姆妈都在县城，白天忙着做米粉，晚上爸爸还要忙着踩缝纫机。小竹儿既离不开姆妈，又离不开外婆，这让她感觉又愁又烦。现在她和外公外婆住在白水台，外婆告诉小竹儿，月亮田旁边有一条望月鳝，望月鳝心好，它是月光娘娘在人世间最好的朋友。只要捉到望月鳝，就可以请它替你向月光娘娘求一个愿望。小竹儿守着自己和外婆的秘密，不告诉外公，独自寻找望月鳝，却在竹林中发现把架子端得老大的那个要当“先生”的外公，一直悄悄在深夜为外婆担水。她还从补锅匠那儿听到了外婆的故事。还有外公造“百花纸”、外婆制“蓝靛”、香喷喷的麻糖、香鲜嫩滑的冬笋、年夜的“磕稀头”和“薄春”，以及那些好玩的游戏，都让小竹儿惊喜，最后她终于找到了外婆说了一辈子的月亮田。在这里，读者可以看到仡佬山寨繁衍生息的美好风景，了解仡佬族特有的生活习俗、文化特色，感受那朴素的人间和光亮的世界。

除了创作小说之外，肖勤还涉足报告文学创作。《邓迎香》塑造了扶贫先进工作者的形象。邓迎香是唯一从外村嫁到麻怀村的媳妇，她聪明能干，具有超强的记忆力、号召力和组织能力。作为少数民族村的村党支部书记，她舍小家为大家，用十年的时间，以埋头苦干和拼命硬干的精神，率领村民转变观念，打通与外界相连的隧道，破除了空心村，摆脱了穷根，修筑了通往小康生活的致富路，让麻怀村变成了一个美丽乡村，让麻怀村人民真正体会到了幸福的含义，成功实现了美好生活的梦想。

肖勤的剧本《天赐丹砂》被改编成了电影《碧血丹砂》，并于2019年8月在全国公映。《天赐丹砂》以仡佬族导游向游客讲述丹心的古老传说开篇，围绕保护“丹心”与抢夺“丹心”的线索，将历史与现实、自然风光与社会习俗结合在一起，再现濮人淳朴的民风民俗，显示出濮人温和善良的品性。

其他代表性作家

中华人民共和国成立后，仡佬族作家队伍不断壮大，创作成果斐然，形成了老中青的创作梯队。因受篇幅所限，在此无法一一展开，特以代表性作家简介的形式呈现。

陈智武，出生于1946年，贵州正安人，贵州省作家协会会员。他于20世纪60年代开始在《诗刊》《民族文学》《北京文学》《山花》《四川文学》《花溪》《青春》《星星》诗刊等刊物发表诗歌、小说等文学作品，有作品被选入《新时期中国少数民族文学作品选集·仡佬族卷》。陈智武的作品以描述乡土、地域为主，展示当地的风情风貌。他的诗《乡场》：“三里村，十里寨，邀邀约约赶场来……山货、百货，压断街。”把乡间独有的那种热闹、喜悦展现得淋漓尽致。陈智武善于发现人性光辉，并从浓郁的生活气息中去捕捉人性光辉，以此表达人性的真善美。如小说《矮子》中的汪矮子因体检落下“思想作风败坏”的名声，不能当兵、当工人，好在他成分好，才免去了下放做农业。可名声在外，没有女子愿意嫁给他。此时，国家刚度过困难时期，百姓日子仍然贫穷，靠卖米粑讨生活的汪矮子帮助了一个走投无路的女子，为了感恩，女子愿意做他的妻子。他了解到女子是卫校的学生，实习期间因谈朋友，被学校误会遭到批判，为避难来到此地。听到女子的名字，汪矮子明白，就是这个女子给自己的体检书下的结论。不过善良的汪矮子并没责怪她，反而与她拜为干兄妹，并告诉女子："你是有男人的女人，等今后日子好了，哥子拿钱给你做路费，去找那男人正式结婚。"可见，在面对人性的原欲和道德伦理时，汪矮子的那份坚强、那份乐观、那份善良仍伴随左右。

申爱初，出生于1947年，笔名余山人，贵州务川人，贵州省作家协会会员。他于2015年开始创作"土地坑三部曲"，目前已正式出版了两部。遵义师范学院联合有关部门专门为其召开了"长篇纪实文学《土地坑》作品研讨会"。"土地坑三部曲"是描写农村题材和知青生活的长篇非虚构系列小说，文中带有乡土气息的务川方言、农耕文明的民间史料，使之成为一部地方史志性小说。比如《土地坑·四季浓情》中，作者在上山下乡的日子里，感受到的不仅是一年中的四季，还有乡民对知青的朴素之情、爱护之情。其中的章节《人草——清明粑》把清明草形象地称为"人草"，让儿时"用一分钱买了一个茵绿、两面焦黄的糖烙粑"的记忆翻涌而出。为给知青解馋，村民黑大娘把自己家里的糯米面、苞谷面拿出来，给他们做了味道不如城里饭菜的清明粑。要知道，在那个岁月，"当得顿，填得饱肚皮的东西才真正是好东西"。因而，这种清明粑的味道让申爱初终生难忘。

夏世信，出生于1949年，曾用笔名夏山，贵州道真人，贵州省作家协会会员。他于1984年开始在《山花》等刊物发表各类文学作品，已公开发表及出版小说、散文、剧本、报告文学、长篇通讯等300余万字。其中，小戏作品《选代表》获贵州省第二届戏剧文学小戏类一等奖，报告文学集《人魔歧路》获全国检察机关精神文明建设"金鼎奖"文学作品奖，有作品被选入《新时期中国少数民族文学作品选集·仡佬族卷》。身为检察官的夏山既讴歌面对逃犯"舍生忘死追缉"的检察官，也在歌颂那些生活在"一只蟋蟀的叫声也没有"的山沟里的驻监检察官，并用文学的方式提醒我们"时时都站在这人生的十字路口""一念之差便永堕轮回。肮脏的灵魂终究会毁灭自己的一切”。夏山的作品多为探寻人性与魔性、道德与法律之间的关系，讴歌正义，鞭笞邪恶，挖掘典型，塑造英雄，以此警醒世人，维护司法尊严、法律尊严。

陈义忠，出生于1949年，贵州正安人，贵州省作家协会会员，中国少数民族作家学会会员。他曾在《山花》《花溪》等刊物发表多部小说、散文、报告文学。他的小说内容善于从生活中采撷，其小说特有的乡镇环境、幽默风格和传神的人物刻画，散发出浓郁的乡土气息和生活气息。比如，小说《碎玉》中因穷愁潦倒的王老五“在坟地里种南瓜时，掘得一只极其精美的玉镯”，而引发关于人性、道德与良知的考量；而小说《天意》则讲述了地处偏远而古老的县城里发生的故事，柴婆婆与孙女柴小玉在小城最后的草房里相依为命，柴小玉看到男朋友“以为他老子老妈当官……他又有工作，觉得很优越，到我们家只是施舍他的同情心”，所以认为他们之间的相遇是“一场误会”，因此，在婆婆被撞后，柴小云被肇事人李小龙的仁义打动，但相爱的两人却因幽会闹得满城风雨，最终李小龙以智取胜，有情人终成眷属。

申元初，出生于1951年，贵州务川人，贵州省作家协会理事。他于20世纪80年代开始公开发表、出版了多部文学评论、小说、散文、诗歌、儿童文学。作为一名教师，申元初不仅对教育理论、文体写作有一定的见解，还在贵州小说创作、贵州少数民族文学创作、诗歌散文创作上有自己独特的体会。他的论文《“诗话”体裁的体式发端——释皎然〈诗式〉对诗学体裁的贡献》，曾被浙江省2004年社科联重点课题全文引用。此外，申元初的儿童文学创作也可圈可点，他多是通过描写正直、机智、勇敢的少年，号召少年儿童做文明人、与坏人坏事做斗争，向社会，特别是向少年儿童们传递着正能量。散文创作也是申元初的强项，申元初的散文语言老辣、形象风趣、言之有味。

刘世杰，出生于1953年，贵州正安人。目前，他已公开出版多部文学作品，并有作品被选入《新时期中国少数民族文学作品选集·仡佬族卷》。或许曾为军人，刘世杰的小说、报告文学、散文等多为军营题材，讴歌多姿多彩的军旅生活和军人形象。《躁夏》以20世纪90年代为背景，讲述了市场经济对军营冲击所引发的故事。基层军官赵可明感觉“好像全世界都下海了”，而自己又面临情感危机，与妻子陈月英长期不和，但无法离婚。他喜欢的葛晓晴也只能是水中月。部队晋职调整，却没自己的份。几番失意、思考之后，赵可明最终走出迷惘。刘世杰的另一部作品《杀出绝地》，是根据同名电视剧改编创作的。这部融红色题材与家族题材为一体的长篇小说，展示了红军长征时期四个女人独特的情感与性格、不同的命运与道路，具有鲜明的时代特征。

罗遵义，出生于1958年，贵州正安人，贵州省作家协会会员。他于20世纪80年代中期开始在《山花》《青春》等刊物发表小说、散文、报告文学等文学作品100余万字，有作品被选入《新时期中国少数民族文学作品选集·仡佬族卷》，并出版过多部作品集。罗遵义的作品多关注社会进程中发生的人与事，关注基层干部的酸甜苦辣。他的小说《年末岁尾》中，在大寒时节，大岭管理区的税费清收工作遇到障碍，如何解决这个棘手的问题，党委会的意见分歧很大。陈铁冒着肆虐的风雪来到寨子，融入村民的生活之中了解情况，并解决好村民的困难，让“家家户户都过上一个热闹年”。来自党和政府的暖暖情意令村民倍感温馨，最终，村民大会完成了税费清收工作。他的长篇报告文学讲述的是在省农业厅任职的处级干部郑传楼为改变家乡贫穷落后的面貌，“凭着农技师专业的底子”和扶贫实践，1987年回乡担任“名誉村长”，义务为村民出谋划策，率领村民致富的故事。

史崇高，出生于1963年，贵州道真人，贵州省作家协会会员，贵州省仡佬学会副秘书长。他于1987年开始在《民族文学》等刊物发表小说、散文、报告文学、文学评论等文学作品100余万字。散文《记住土塬》《干洞记》2012年荣获中国散文学会“当代最佳散文创作奖”。他的作品主要以农村为主题，在对家乡父老乡亲的亲情、乡情、友情中融入了自己对基层、对乡村的关注、理解，表达出乡村干部的艰辛与不易。中篇小说《天黄黄，地黄黄》中，虽然他们（基层干部）的脚步“迈得很沉，近乎一种悲哀的味道”，面对灾难，他们希望所有人畜、庄稼都“无论如何要坚强些，尽量能躲过眼前这场劫难”，但这能如所愿吗？在艰难而苦涩的前行之中，“一个人的观念会跟随着一些叫人意想不到的经历发生转变，这种转变并非与生俱来，无法回避。当然有的时候是因为一个极小的故事情节使你产生了跌宕，叫你依恋不舍”，可当一些美好设想又被现实击得粉碎时，这些乡村干部何去何从，乡民又该如何？不禁让人心生悲凉，悲悯这大千世界里的芸芸众生。

赵伯鸿，出生于1963年，贵州务川人，贵州省作家协会会员。他于20世纪80年代中期开始文学创作，在《诗选刊》等报刊发表诗歌、散文、评论等文学作品若干，作品多次获奖。赵伯鸿以诗歌创作为主，用忧患和孤独的心灵去寻找生命的隐秘痕迹，挖掘人生的沧桑和生活背后的本真。如在《对你的感情》一诗中，他告诉爱人，“我写诗寻找靠山”，让“最浅的心跳，最深的命运，都在我的呼声里清晰可见”。他或寓情抒意，或写景状物，或寓志抒怀，以诗的方式体验生命、爱情、家园、世界，倾注自己对万物的情感，弥合、完善现实中的残缺与误解。

薛维，出生于1964年，贵州凤冈人，贵州省作家协会会员，凤冈县作协主席。他于20世纪80年代中期开始从事文学创作，出版、发表过多部（篇）小说、散文。有作品入选《新时期中国少数民族文学作品选集·仡佬族卷》。薛维善写本民族的物事，作品有一定的历史感、现实感。其长篇小说《仡佬香魂》讲述的是明朝正德年间，因受黔地传来的一首仡佬族歌谣《惊天炮响炸癫狂》的启示，年轻的仡佬族人钱树臣在父亲的要求下远赴他乡，寻找离散十年的胞兄钱树珺的故事。钱树臣渐渐明白，自己一路上的际遇，都是哥哥在暗中成全。在“胡子”制造的一场祸乱中，钱树臣与当地仡佬族人共同抗击“胡子”，守护了仡佬族人平静安宁的生活。作品中穿插着仡佬族的民间技艺、民间歌谣、民族医药等，以此表现这个民族神秘的文化和深厚的人文精神。

姜代银，出生于 1964 年，曾用笔名爱神、银子，贵州务川人，贵州省作家协会会员。他于 1986 年开始在《诗刊》等刊物发表诗歌，并出版了多部诗集。姜代银的作品涉及广泛，有心灵的感悟，也有战争、打工题材，表达出在大时代背景中年轻人的精神风貌。他向军人致敬，如《雕塑》：“战争，把你的血肉，和男人粗犷的形象，进行了一番认真的，雕塑。”他关注打工者的心声，如《别人的城市，不是我的城市》：“创业的歌词浸染了，血泪的墨水，我独自唱着坚强自立的歌，铿锵的美妙乐音给我自信，别人的城市，可否将为我的城市。”他将哲理蕴含其中，如《人生》：“出了枪膛的子弹，以人生的速度，射穿岁月的脏腑……人，不过是词语中的，一个逗号。”姜代银的许多诗歌独具匠心，将饱满的热情置于朴实无华的表述之中。

申国华，出生于 1965 年，贵州务川人，贵州省作家协会会员。他在《人民日报》等报刊发表过新闻、散文、小说等文学作品，并出版了多部作品集。申国华的作品多从故乡、亲情出发，希望将意趣、理趣、情趣融合为一体，给人以美的享受、爱的温暖、情的感动。他在讲述故乡的山水与趣事时，感受到故乡的变化，在《月是故乡圆》中说：“现在村民们的柴刀已经失业了，不但停止了上山砍柴，还主动恢复了林场的植被……干涸的龙洞恢复了青春的笑容。”《亲情年夜饭》中，他对“年味都让商家赚走了”，感到既欣慰又伤感。《抚摸务川》中，他感叹：“务川很小，在祖国的地图上；务川很大，在我的心中；务川很美，在我的眼里。”

韩敬忠，出生于 1966 年，贵州道真人，贵州省作家协会会员，中国少数民族作家学会会员。作品被选入《新时期中国少数民族文学作品选集·仡佬族卷》。他于1990年开始在《山花》《民族文学》《花溪》等刊物发表作品。韩敬忠的作品涉及乡土、地域、宗教等多个方面，他以讲故事的方式，用矛盾、陷阱、冲突，有时加一些神秘气息，去展示人性的善与恶、美与丑。比如，小说《祭文》中，村里的一个显赫人物民山哥死了。在做道场时，“我”“才知道道场不只是为民山哥设做的”，还有世昌爷、小宝叔叔。掌坛师让“我”为他们写祭文，于是，“我”了解了每个人的身世。那些善良、勇敢、苦难、纯真、卑鄙、猖狂、风流、无助，那些或鲜亮或暗淡的生命色彩都滚动在韩敬忠的笔下。在小说《离婚》中，为了给家里换台电视机，朴实向乔大借了一千块钱。说好半年还钱，可外出打工的朴实却无钱寄回家中。面对催债，洋子只得去帮乔大喂猪，直到栽油菜种麦子的时节，仍旧还不完债，无奈之中，洋子只得陪乔大睡觉偿债。得知洋子的不忠贞，朴实闹着要和洋子离婚。在村长的调解下，乔大补偿了朴实3000元，可朴实过不了这个坎，“朴实又倒了一碗酒喝了，突然大声说，洋子，你是婊子！……把借钱买来的彩电高高举过头顶，狠狠摔成一声巨响”，又出去打工了。文中审视着那些挣扎在社会底层的人的人性隐痛与矛盾纠葛，展示出人性的阴暗与丑陋。

吴明泉，出生于1966年，贵州凤冈人，贵州省作家协会会员。他有多篇（首）小说、诗歌、散文公开出版、发表，有作品入选《新时期中国少数民族文学作品选集·仡佬族卷》。他的小说《灵醒》讲述了乡人武部部长蔫须在独生子根发“疯了”之后，偷偷求神占卦。他想到了自己私藏的那支对越自卫反击战中攻打敌军的枪，“那枪，不仅改变了我的命运，不仅让我跳出了‘农门’，还换来了今天的工作，当上了武装部长”，满怀信心地用它驱鬼，甚至不顾一切请巫师冲傩驱邪。为感谢端公，蔫须主动提出让端公打工在外的儿子端正回家参军。符合当兵条件的端正从各方面看都是最优秀的，然而面对有限的名额，蔫须在把所有关系户挂上号后，建议上级："就刷下端正吧。因为他的父亲是冲傩跳端公的，冲傩跳端公送菩萨是封建迷信活动，这种封建迷信思想或多或少对下辈人有一定的影响。"那个盲从迷信的蔫须，最终背叛了心底的神灵。

冯道琼，出生于1967年，笔名古泉，贵州道真人，贵州省作家协会会员。他于20世纪80年代开始从事诗歌创作，在《人民文学》《诗刊》《星星》《山花》等刊物发表诗歌300余首，并出版了多部诗集。他的诗多数取材于乡村、景物，如《春天，以及其他》："春天的雪景要背负一场告别，送出芽或收回种子都一样疼痛……这多像一个人啊，短痛一直包裹长痛。"也诉说着那些司空见惯的人事，如《年年小花开》："那年那月，母亲就嫁到这里，土地证上又添补一个良田的户主。"慢慢地，母亲"坐立田边的姿势仿佛正在与良田一起等老"。古泉的诗牵绊着土地、亲人，所展现出的那种生活的本真与平常，直抵我们久违的内心。

廖江泉，出生于1967年，贵州道真人，贵州省作家协会会员。他于20世纪90年代开始从事诗歌写作，已在《诗刊》《星星》诗刊等刊物发表诗歌200余首，并出版诗集。组诗《讲童话的人》曾获首届遵义文艺奖。他的诗克制着内心浓浓的乡情、人情，避实就虚，由故土出发，去寻找精神的皈依，去追寻信仰。如《讲童话的人》："我相信你为人类找到了，最后的，不竭的源泉，虽然是在一个荒芜的地方。"因为"你渴望变成一匹奔驰的小马驹"。

冯其沛，出生于1968年，贵州正安人，贵州省作家协会会员，中国少数民族作家学会会员。他于20世纪90年代开始从事文学创作，他已在《人民文学》《山花》等刊物发表小说、散文、报告文学等60余万字，并有作品被选入《新时期中国少数民族文学作品选集·仡佬族卷》。中篇小说《大磨》曾获遵义文艺奖。这部作品以一个儿童的视角，讲述了突如其来的凝冻，让古老的山寨"整个天地就像是个大冰窖，什么东西都被冰冻得僵硬了，只有人才是活物，在冰窖里挣扎、活动”，由于封山阻路，全村面临薪尽粮绝，“粮食那东西有得吃不警觉，缺了就要命”，在族长三公的带领下，大家同甘共苦，积极自救，终于安渡难关。其中呈现的民风与智慧、道德与力量、警觉与反省，冯其沛认为，这是生活带来的思考。

骆德平，出生于 1972 年，笔名落虹，贵州务川人。贵州省作家协会会员，务川仡佬族苗族自治县作家协会主席。他于 1994 年开始在《星星》诗刊等刊物发表作品，并出版了散文诗集，有作品被选入《新时期中国少数民族文学作品选集·仡佬族卷》。散文诗集《穿越内心深处的河流》曾获全国校园文学成果展“全国十佳教师作家”荣誉称号，在这部作品中，骆德平写道：“一座老宅眯缝着眼在风雨中站立，腐朽的柱头，长满青苔的瓦片，磨光的石院坝……我枕着一个村庄沉沉睡去，做着一个遥远的梦，在那个叫明的朝代不再醒来。”以动态与静态结合、声音与色彩相融、感性与理性并存的方式，为读者展示了仡佬族历史、故土情结、人间关爱、旅游见闻等图景，表达了真情、真意、真景。

严新，出生于 1974 年，贵州务川人，贵州省作家协会会员，中国金融作家协会会员。他在《青年作家》等省级刊物上发表过作品，出版过诗集、散文集，有作品被选入《新时期中国少数民族文学作品选集·仡佬族卷》。严新的散文短小精悍，语言平实，从大量的生活信息出发，交织着人文精神与哲思，表达自己的理念；不少作品充满着对大自然的热爱，散发出质朴的情感。如《人生之路》：“其实成功与挫折、苦难与欢乐都是我们人生路上收获的宝贵财富！”又如《杉木河》：“伫立在杉木河的岸边，不是梦中而是真实地亲近了她，我感到我是幸福的。”再如《庭院暮色》：“梦里他成了一条小鱼，在溅着金色浪花的溪流里，自由自在地畅游。”

骆礼俊，出生于 1975 年，贵州正安人，贵州省作家协会会员。他于 2008 年开始在《山花》等刊物发表小说，并有作品选入《新时期中国少数民族文学作品选集·仡佬族卷》。他的小说多取材于乡土，描写了村民们对城市生活的向往，但喧嚣之后，他们又渴望安顿自己的心灵，回归于乡村，而落后的乡村如何承载现代文明？这正是骆礼俊所思考的问题。比如，他的小说《满耳蛙鸣》中的主人公李描，怀着对乡土的依恋，“主动要求到醒狮山甘溪小学当教师”，如画的景色、淳朴的民风、热情的村民，让他倍感温馨，他把单调的教学生活“变成了一幅幅画，于是生活充满了乐趣”。然而，他与一些村民却在理念上格格不入。比如因村里要办喜事，操场被一队吹着唢呐的老头儿占领了，学生无处上体育课，李描去和老头儿们交涉，却被扇了一巴掌。经历了许多事后，“他心情坏透了，腹腔里有股气在窜，因了（因为）黎天敏的远去，因了醒狮山人对他的仇视，也因了云柳偷看了杨雪写给他的信”，最后他带着云柳离开了醒狮山。骆礼俊的作品，呈现在享受乡土生活的精神追求与向往现代文明世界的现实需要中的挣扎、纠结，可以说是现代化进程中不可回避的矛盾。

王富举，出生于 1975 年，曾用笔名槐澜、陌云，贵州湄潭人，贵州省作家协会会员，中国少数民族作家学会会员，全国公安作家协会会员。他于 20 世纪 90 年代初开始从事文学创作并发表作品，迄今已在《诗刊》《民族文学》《山花》《啄木鸟》等报刊发表诗歌 1000 余首，有作品被选入《新时期中国少数民族文学作品选集·仡佬族卷》。曾获中国公安诗歌年度诗人奖等奖项。王富举的作品对民族民俗有着自己独特的理解，充满了丰富的意象。他明白，丹砂与仡佬族有着种种特殊的因缘关系。于是，他笔下的“丹砂文化”如影相随，民风民俗、节日典故信手拈来。其中，《丹砂的天空》让读者看到了历史与现代同在，柔软与刚毅并存，物象与人情齐行：“神鹰与凤凰让一个传说，盛满颂辞和泪水……仡佬嘣嘣鼓远古的回声，从山谷里醒来……一些事物因为一场花事，纷纷找到了故乡……倾情的树洞藏满米酒和蜡蜜。”

王少龙，出生于 1977 年，贵州正安人，贵州省作协会员。他于

1992年开始从事文学创作，已在《广西文学》《湖南文学》等发表诗歌、小说、散文、报告文学600余篇（首），共计20余万字。有作品被选入《新时期中国少数民族文学作品选集·仡佬族卷》。王少龙把视角投向乡村，试图挖掘仡佬族生活习性及民族元素，关注在时代大背景下，仡佬族乡村的变化，呈现村民内心的守望与展望。其短篇小说《渡口》，以黔北某仡佬族村寨渡口为线索，讲述了摆渡这个甘愿奉献的职业所带出的故事。摆渡人秋二遵循着“有钱给钱，无钱给物，无物给个微笑”的祖训，他把村民的名字刻在鹅卵石上，摆渡时，以村民的进与出将鹅卵石安放在两个盆子中，了解村民外出与回来的情况，但儿时伙伴丫丫、建桥、远桥、东桥离开渡口后，却再也没有回来。秋二娘的离去，让“王幺爷感到右腿的痼疾已经扩散到全身”。新来的驻村书记说，“政策都知晓了，下游筑坝蓄水，整村移民搬迁”。最后，基本不开口的秋二捂着名字模糊了的鹅卵石，“合上双眸，咧开嗓门，撕心裂肺，歇斯底里，字正腔圆”地唱起了仡佬族盘歌。王少龙的另一部小说《黑老丘》中那个只知道干活、心地善良、老实木讷的黑老丘，做过背篼、替人守过灵、当过人力车夫，其间遭受了侮辱、受到过责骂，却仍然一心向善，希望用自己的能力让生活变得好起来。当黑老丘看到整顿城里的人力三轮车的公告后病倒了，一番痛苦地挣扎与思索，他明白生活终将继续，于是他重新振作起来。

游筑京，出生于1978年，女，笔名幺京，贵州石阡人，贵州省作家协会会员。他于2004年开始文学创作，在《民族文学》《山花》《南风》等刊物发表小说、诗歌等20余万字。游筑京善于描写身边的人，以自己的认识诠释着他们的喜怒哀乐，并以女性细腻的情感诉说爱恨情仇，表达出人们面对困境时的顽强、隐忍、善良与坚持。比如，游筑京在《彩蝶飞舞》中叙写了村支书阿中的女儿阿娜，因学阿降爬树摘果子摔坏了语言中枢，成了哑人；阿降也因家境贫穷不再上学。两小无猜的阿娜阿降在相知相依中相恋相爱，但菊花（阿娜的妈妈）不能容忍阿娜“一门心思想着那个穷鬼阿降”，便将阿娜许配城里人。悲伤之下的阿娜阿降不约而同来到两人常常相聚的后山，用木叶声倾诉衷肠。婚礼中逃出的阿娜，身着盛装被阿降牵着站在了县里挑选演员的舞台上，从来没有见过阿娜表演节目的人群“像炸开的马蜂窝”，随着“一声清脆的木叶声响起”，“人们仿佛听到两只恩爱的百灵鸟的声音从天际传来，慢慢地有了流水的声音，有了风吹树叶的沙沙声，一个声音高昂，一个声音婉转轻柔……阿娜随着木叶声跳起了锦鸡舞，人们只觉得是一只凤凰从天际飞来，在翩翩起舞”。

刘明礼，出生于 1988 年，笔名弦河，贵州石阡人，贵州省作家协会会员，中国少数民族作家学会会员。他于 2009 年开始公开发表作品，迄今已在《诗刊》《民族文学》《山东文学》《星星》诗刊等刊物发表文学作品，主要创作形式为诗歌。曾获贵州少数民族文学创作“金贵奖”新人奖，并有作品入选《中国少数民族文学 2011 年度选·诗歌卷》等多部选集。或许是长期远离故土的缘故，刘明礼的诗歌立体呈现出家乡贫瘠的日常生活，描述村民守望孤独、渴望逃离的苦闷与纠结，以及自己内心深处所蕴藏的对家乡的无尽牵挂、思念和爱莫能助的沉重情感，并建立起一个精神坐标空间。他的诗《翁子沟的夜》表达出以真诚与善良面对困境、以坚忍与顽强抗争自救的不屈精神：“一个多月了，翁子沟没有落下一滴雨，坚硬的面孔塑造铁石心肠的素描……她像鹰一般盘旋在瘦弱的泥土上，她像树一般把根伸进泥土的心脏。”刘明礼诗歌的另一特点是在抒情中蕴含日常的哲理，《致歉书》中“我理解你的孤独”，“我给你一把刀并没有恶意，可是今夜过后，但愿你能用那把刀，杀死我！分离我的肉体和骨头”，因为，“它们需要一把火燃烧，死亡或重生”。虽然“每一个人从出生就带着一把刀”，“我们磨着生活这把刀”，然而“今夜无雨，但我们看不见天空是否有星星或者月亮”。刘明礼借用“刀”来表达意象，制造迷宫，向灵魂致歉。他的诗歌时常对亲人深情地倾诉，如《贴着泥土诵读》："父亲，你背影是多么仓促的一幅画卷，恍惚间成为山顶的一棵树……我看到多么生动的灵魂……我在翁子沟看见洁白的月光躺在您和母亲的鬓发间，我的手心再也没有泥土的厚重。"那份真情的流露，让人为之动容。

后　记

仡佬族文学内容丰富，形式多样，是中国民族文学的一朵奇葩；仡佬族文学体现了仡佬族的民族文化精神，对仡佬族文化的形成和发展起到至关重要的作用。在社会主义文化大发展大繁荣的背景下，研究仡佬族文学，对于挖掘民族文化资源，推动仡佬族文学创作的发展繁荣，丰富中国民族文学宝库，具有重要的现实意义。

在本书的具体编写上，孔海蓉负责当代文学部分、总体统稿，王刚负责民间文学与古代文学等部分，赵旭负责现代文学部分。

在编写过程中，我们根据各方提供的仡佬族作家名单、联系方式，通过电子邮件、电话、微信等方式与相关单位联系，与仡佬族作家交流沟通，依据《中国少数民族文学纵览丛书》要求，充分讨论、反复推敲，尊重编辑部的意见与建议，对作品进行筛选，拟定入选作品。

在此，感谢相关单位的大力支持，感谢热心人士从不同渠道寻找作家作品信息，感谢广大仡佬族作家积极配合报送作品，感谢为本书编辑出版付出辛勤劳动的编辑老师们。

孔海蓉　王刚　赵旭

2023 年 9 月